DISSERTATION

SUR

L'ÉTAT DE L'INDUSTRIE ET DU COMMERCE DE PARIS

AU XIIIe SIÈCLE,

POUR SERVIR D'INTRODUCTION

AU *LIVRE DES MÉTIERS* D'ÉTIENNE BOILEAU,

PRÉVÔT DE PARIS EN 1258;

PAR G.-B. DEPPING.

1837.

DISSERTATION

SUR

L'ÉTAT DE L'INDUSTRIE ET DU COMMERCE DE PARIS,

AU XIIIe SIÈCLE.

AVANT de nous occuper de l'état du commerce et de l'industrie de la ville de Paris au XIIIe siècle, particulièrement sous le règne de Louis IX et de ses premiers successeurs, il faut nous faire une idée aussi exacte que possible de ce qu'étoit alors la ville destinée à devenir une des plus grandes et des plus riches capitales du monde.

La Cité, toute remplie de vieux édifices, de chapelles et de maisons peu élevées et resserrées dans des rues sombres, étroites, communiquoit par deux ponts seulement avec les deux rives de la Seine : au nord étoit le grand Pont, défendu par le vieux fort du Châtelet, où résidoit le prévôt de Paris, qui rendoit la justice, au nom du Roi, aux habitans de la ville; au sud se trouvoit le petit Pont, par lequel arrivoient toutes les denrées, toutes les marchandises des contrées fertiles du Midi, et sur lequel, par cette raison, existoit depuis long-temps un bureau de péage, où presque tout ce qui entroit de denrées et de marchandises à Paris étoit soumis à un octroi. Nous verrons plus tard le tarif de cet octroi, dont aucun objet ne se trouvoit exempt, s'il n'étoit privilégié ou soumis à une autre sorte d'impôts dans l'intérieur de la ville. A l'extrémité du petit Pont s'élevoit également une porte fortifiée pour la défense de la vieille Cité; au centre de l'île étoit anciennement établi un marché aux grains, appelé la halle de Beauce, parce que c'étoit cette province qui approvisionnoit la place.

Mais depuis long-temps les deux rives de la Seine, vis-à-vis l'antique Cité, s'étoient peuplées de familles industrieuses, groupées en bourgs et en hameaux autour du grand nombre d'églises, de chapelles et de couvens que la dévotion y avoit érigés. Ces deux appendices de la Cité tendoient, par leur accroissement rapide, à devenir la véritable ville : déjà, le marché établi aux Champeaux, à l'extrémité septentrionale, et connu depuis ce temps sous le nom de Halles, étoit devenu le principal entrepôt pour les denrées qui affluoient à Paris ; un autre marché, fort ancien à ce qu'il paroît, avoit existé à la Grève : les bourgeois avoient acheté cette place au Roi, moyennant 70 livres[1] ; les greniers et les celliers qui la bordoient servirent d'entrepôt pour les grains, le sel et les vins qu'on débarquoit sur cette plage.

Depuis que Philippe-Auguste avoit compris dans l'enceinte de Paris plusieurs bourgs et villages qui touchoient presque aux rues du nouveau Paris, tels que le Bourg-Thiboust, le Beau-Bourg, le Bourg-Abbé, cette enceinte enveloppoit d'une part tout ce qui environnoit le Châtelet, et de l'autre, les terrains qui s'étendoient autour du palais des Thermes, ancienne résidence des Césars ; et les murs flanqués de tours qui défendoient cette ville nouvelle, en aboutissant de part et d'autre à la Seine sous la forme d'un demi-cercle, touchoient aux riches abbayes de Saint-Martin-des-Champs, de Saint-Germain-des-Prés, de Sainte-Geneviève et de Saint-Marcel ; et même une partie des terres dépendant de ces monastères se trouvoit enclavée dans les murs construits sous le règne de Philippe-Auguste, sans cesser pourtant d'être soumises à la juridiction des abbés, de même que les terres qui appartenoient à l'évêque ou au chapitre de la cathédrale, dans l'intérieur de Paris, ne reconnoissoient que la juridiction de leur seigneur spirituel, et c'est à eux que les habitans payoient les cens et redevances de coutume. Dans cette enceinte, il y avoit donc bien des différences par rapport à la justice qui s'y exerçoit. On distinguoit les terres du Roi, celles de l'évêque, du chapitre, des abbés. On verra que cette division ne fut pas sans influence sur l'industrie.

Autour des abbayes laissées en dehors de l'enceinte de Paris, s'étoient formés d'autres bourgs ; en ne cessant de s'agrandir, ils étoient devenus des faubourgs de Paris.

[1] « Burgensibus nostris de Grevia et de Montcello planitiam illam prope Secanam, que « *Grevia* dicitur, ubi vetus forum extitit, totam ab omni edificio vacuam.... sic in perpe« tuum manere concessimus. Pro quo nos nostrique curiales a predictis burgensibus LXX lib. « habuimus. » Charte de Louis VII de l'an 1141, dans le tom. I de Félibien et Lobineau, *Histoire de la Ville de Paris*.

Les deux parties de la ville commençoient sur le bord de la Seine, dont les eaux baignoient même une foule de petits établissemens industriels. Cette rivière entroit dans Paris un peu au-delà de Saint-Gervais d'une part, et du port Saint-Bernard de l'autre, et elle en sortoit un peu avant le Louvre, où Paris avoit alors ses limites occidentales. Une rangée de pieux ou *palées* marquoit le port de la Grève [1], où arrivoient les bateaux chargés de vins, de bois, de grains et de fruits, et où régnoit le principal mouvement de navigation que l'on connût alors à Paris. Un autre port, celui de Saint-Landri, pourvoyoit la Cité des denrées qui arrivoient par eau; enfin il existoit un port auprès du petit Pont, sur la rive gauche; mais comme la rive droite avoit la supériorité en fait de commerce et d'industrie, c'étoit là que la navigation se portoit. Aussi le port de la Grève n'étant plus suffisant, on en établit un autre à l'extrémité occidentale de la ville, vis-à-vis l'École-Saint-Germain, aujourd'hui quai de l'École. Un impôt sur les denrées importées par eau servit à pourvoir aux frais de cette construction [2].

La navigation de la Seine eut des effets remarquables sur le sort du commerce et même du régime municipal de la ville que ce fleuve traverse. Si l'on parcourt les annales du moyen âge, on trouvera que presque toutes les villes puissantes assises sur des fleuves abusèrent de leur position pour s'emparer de la navigation exclusive, et pour attirer

[1] Le traité suivant, tiré d'un ancien livre de la Ville, fait un singulier contraste avec les actes de ce genre que l'on dresse aujourd'hui pour les travaux des quais et ports : « Ce sünt les convenances de mestre Évrart à la Marchandise por fère les palées en Grève. Premièrement, il doit fère v paalées toutes neuves. Item, j des viez palées sera arachiée tout, si que il n'i demourra que j des pieux, et seront arrière fichiez, por ce que il pendent d'une part; et vj autres palées viez seront rapareillées et mises dans les liernes et botes et liens et chevilles de fer, et en ij de ces palées seront mis ij pieux des iij pieux que la Marchandise doit baillier par convens, et le tiers pieux sera mis en j des v neuves palées tant les mezmes les neuves garnies de double lierne bien et soufisament, et auront touz xj piez de fiche. Et por ce fère li dit Évrart doit avoir viij^{xx} liv. parisis.

« Ce fut fait l'an de grâce mil cc iiij^{xx} et sèze, le mardi après la Saint-Barnabé. Et doit avoir chacun pieu j pié et ij doé de forneture entre ij escorces. » Ms. E.

[2] « Mercatoribus de aqua concedimus, ut propter portum faciendum Paris. ad opus navium, capiant de qualibet navata vini, etc. » Charte de Philippe-Auguste de l'an 1213, tom. 1, de Félibien, *Hist. de Paris*.

à elles seules le commerce fluvial : à cet égard, la bourgeoisie exerça des usurpations aussi manifestes que les seigneurs temporels et spirituels en exercèrent dans leurs terres. Voyez les villes de Cologne ou de Mayence dans le moyen âge; ces cités ne s'étoient-elles pas arrogé le droit de forcer tous les bateaux chargés de marchandises qui montoient le Rhin, à s'arrêter pour être déchargés, et pour donner aux bourgeois la faculté de choisir, pendant trois jours, les marchandises qui leur convenoient; en sorte que les riverains du Rhin supérieur ne pouvoient recevoir que les denrées et les marchandises laissées par les bourgeois de Cologne et de Mayence?

A Paris, on ne fut ni moins habile ni moins prompt à profiter des ressources qu'offre un fleuve pour réserver aux habitans les principaux avantages de la navigation et du commerce fluvial. Il s'étoit formé de bonne heure (on ne sauroit fixer l'époque précise) dans cette ville une confrérie ou compagnie des marchands qui, recevant par la Seine les denrées dont ils faisoient le commerce, prenoient le nom de *marchands de l'eaue de Paris*, c'est-à-dire marchands faisant leur trafic par le moyen de l'eau qui traverse cette ville. Plus tard, on les nomma simplement les marchands de l'eau[1], et, ce qui peut paroître plus bizarre, leur association fut désignée sous le nom de la *marchandise de l'eaue*, ou simplement de la *marchandise*[2]. Lors donc que l'on trouve des arrêtés, des ordonnances, des sentences faites au nom du Roi et de la marchandise, il faut se rappeler que cette marchandise est le corps même des marchands, et, comme nous le verrons, plus tard elle finit par comprendre presque toute la bourgeoisie.

Cette réunion de bourgeois marchands, dont l'origine est demeurée enveloppée de l'obscurité des temps anciens, est pour la première fois mentionnée d'une manière légale sous le règne de Louis VI; ce prince, en 1121, lui céda le droit qu'il avoit de lever 60 sous sur chaque bateau qu'on chargeoit de vins à Paris pendant la vendange[3].

[1] Dans l'empire romain il y avoit également des corporations de *mercatores aquæ*; peut-être étoit-ce depuis le règne des empereurs qu'il y en avoit aussi dans les villes de la Gaule. Les *nautæ parisiaci* ont pu être une compagnie de marchands de l'eau.

[2] En latin *mercatoria* ou *mercandisia*.

[3] « Lx sol. quos tempore vindemiarum de unaquaque navi vino onerata Paris. capie-

Pour que l'association obtînt cette faveur royale, il falloit qu'elle eût déjà une grande consistance dans l'état; cependant, elle n'est désignée encore dans la charte de donation que par le nom des *marchands*. Elle mit dans la poursuite de ses intérêts la persévérance, et même l'âpreté qu'inspire l'amour du gain soutenu par l'esprit de corps. Malheureusement il manque bien des documens pour qu'on soit en état de faire l'histoire de la confrérie des marchands de l'eau à Paris; mais le peu d'actes que nous possédons suffit pour nous en donner quelque idée, et pour nous mettre à même d'expliquer comment la confrérie de la marchandise est parvenue à s'emparer de toutes les affaires de la commune, à devenir, pour ainsi dire, la commune elle-même. C'étoit une petite hanse comparée à la hanse puissante qui lia en un faisceau les intérêts commerciaux de presque toutes les villes industrieuses et commerciales du nord de l'Europe; elle n'embrassa pas les spéculations vastes et vraiment grandes de celle-ci; la hanse parisienne ne songea qu'à s'assurer le commerce fluvial de la banlieue de Paris; mais sur ce territoire restreint, dans ce cercle étroit de ses vues et de ses spéculations, elle fut aussi rigoureuse pour l'application de ses principes exclusifs; aussi tenace, et j'ose dire, presque aussi despotique que la grande ligue anséatique, la plus formidable des associations commerciales qui aient précédé les compagnies des Indes et d'autres grandes associations commerciales des temps modernes.

Cette confrérie des marchands de l'eau, ou si l'on aime mieux, cette marchandise de Paris étoit parvenue, on ne sait ni par quel moyen ni à quelle époque, à s'arroger des droits qu'une charte de Louis VII, de l'an 1170, en les confirmant, qualifie d'*antiques*; ce qui prouve qu'ils ont été en vigueur et reconnus long-temps auparavant[1]. Mais nous ne possédons aucun document antérieur à cette charte confirmative de l'an 1170, qui parle de ses droits.

« bamus, mercatoribus ita in perpetuum dimittimus, condonamus, etc. » Charte de Louis VI de l'an 1121.

[1] « Cives nostri Paris. nos adierunt, rogantes ut consuetudines suas quas tempore patris « nostri Ludovici regis habuerunt, eis.... confirmaremus.... Consuetudines autem eorum « tales sunt ab antiquo. » Charte de Louis-le-Jeune de l'an 1170.

Or, voici en quoi consistoient les priviléges que l'autorité royale elle-même reconnoissoit comme légalement établis, et qu'elle sanctionnoit par des actes. Il faut savoir d'abord que le pouvoir du prévôt de Paris, qui siégeoit au Châtelet et y rendoit la justice au nom du Roi, n'étoit pas confiné dans l'enceinte telle que l'avoit tracée le mur construit par Philippe-Auguste : il commandoit sur un territoire environnant Paris jusqu'à la distance de six à huit lieues : c'étoit là la banlieue judiciaire de Paris, la terre dont il étoit le chef-lieu et le centre d'action. Dans cet espace, la Seine, qui le traverse, étoit considérée presque comme la propriété des marchands de Paris, qui en exploitoient la navigation. Ils avoient donc arrêté en principe que tout bateau chargé de denrées ou de marchandises qui remontoit la Seine devoit s'arrêter au pont de Mantes. Il ne pouvoit avancer, ni être déchargé, si celui qui l'avoit expédié n'étoit pas bourgeois hansé de Paris, c'est-à-dire si, outre le droit de bourgeoisie, il n'avoit encore l'avantage d'être de la hanse ou du corps des marchands de l'eau [1]. S'il étoit bourgeois d'un autre lieu, et établi, par conséquent, ailleurs qu'à Paris, il falloit qu'à son arrivée aux limites du ressort de la Marchandise de l'eau, il déclarât son intention de vendre les denrées ou marchandises qu'il apportoit, et alors le prévôt des marchands et les échevins lui désignoient un marchand de Paris pour être son *compagnon*. C'est à ce compagnon imposé par le prévôt que le marchand du dehors étoit obligé de déclarer le prix réel de sa cargaison, et, à ce prix, le compagnon parisien avoit le droit d'en prendre la moitié; ou, s'il aimoit mieux laisser vendre le tout, il partageoit le bénéfice avec le propriétaire. Il avoit ainsi la moitié des avantages de l'entreprise sans courir le moindre risque.

Si le marchand de la Basse-Seine osoit passer outre au port de Mantes pour s'approcher de Paris, ou si seulement un marchand étranger à la marchandise de l'eau de Paris faisoit embarquer au-dessous de Paris des denrées pour les faire transporter vers l'embou-

[1] « Nemini licet aliquam mercatoriam Paris. per aquam adducere vel reducere a ponte « Medunte usque ad pontes Paris., nisi ille sit Paris. aquæ mercator, vel nisi aliquem « Parisiensem atque mercatorem socium in ipsa mercatoria habuerit. » Charte de Louis-le-Jeune de l'an 1170.

chure du fleuve, sans hanse et sans compagnie françoise, il étoit censé avoir enfreint les droits et priviléges, ou, ce qui revenoit absolument au même, les us et coutumes des marchands de l'eau de Paris; on saisissoit la cargaison de son bateau, et le prévôt des marchands, séant avec les échevins au Parloir-aux-Bourgeois auprès du Châtelet, ne manquoit jamais de la déclarer *forfaite*, c'est-à-dire confisquée au profit du Roi et de la marchandise de l'eau [1].

Tant que la Normandie avoit ses ducs et ses intérêts particuliers, le système de la hanse parisienne trouvoit sinon sa justification, au moins son excuse dans l'état d'hostilité où se mettoit souvent la Normandie à l'égard de la France sa suzeraine; mais on ne se relâcha en rien de la rigueur de ce système, après que la Normandie eut été réunie à la France : on força, comme par le passé, les marchands venant avec des cargaisons de la Basse-Seine, de s'arrêter à Mantes, et d'y prendre compagnie françoise lorsqu'ils vouloient débarquer leur cargaison dans la banlieue de Paris ou l'expédier pour la Bourgogne ou la Champagne.

On voit ce que cette obligation imposée aux marchands du dehors de faire participer ceux de Paris aux profits de leurs expéditions dans la Seine, avoit d'avantageux pour les Parisiens. Elle les mettoit à même de retenir les denrées et marchandises qui leur convenoient, et leur donnoit des gains sans nécessiter aucune avance de fonds. Un auteur moderne, qui le premier a débrouillé un peu l'histoire de la hanse de Paris, sans toutefois l'envisager sous un rapport philosophique, dit que c'étoit *un des plus excellens priviléges de cette ville* [2]. Privilége aussi beau, en effet, que celui des tribus arabes mettant à contribution les caravanes qui veulent traverser le désert sans être pillées, ou que celui du Danemark forçant les navires qui franchissent le Sund à relâcher à Elseneur, et à payer un droit de passage. L'his-

[1] Voyez les jugemens prononcés par le prévôt, pag. 449 et suiv. des *Réglemens sur les Arts et Métiers de Paris, rédigés au* XIIIe *siècle, etc.*, in-4°. Paris, 1837.

[2] Leroi, *Dissertation sur l'origine de l'Hôtel-de-Ville de Paris*, part. II, §. 4, à la tête du tom. I de l'*Histoire de la Ville de Paris* par Félibien et Lobineau. La dissertation de Leroi est appuyée sur un grand nombre de pièces justificatives, dont une partie étoit alors aux archives de la ville, et qui se trouvent maintenant aux Archives du Royaume, où j'ai eu occasion de les consulter.

toire du moyen âge cite une foule de ces prétendus priviléges créés par l'abus de la force, favorisés par la position topographique, et finissant, à force d'être exercés, par passer en usage, et par constituer une sorte de droit. On n'y renonce que lorsque ceux qui les exerçoient ne sont plus assez forts pour les faire valoir, ou lorsque le progrès des lumières et des relations sociales fait sentir généralement la nécessité de supprimer ces obstacles au développement du commerce, qui, avant tout, a besoin de liberté et d'indépendance.

Voulant compléter son système de monopole, la Hanse jugea nécessaire d'y soumettre aussi la navigation de la Haute-Seine, surtout le commerce des vins de Bourgogne, d'autant plus important que la Bourgogne étoit presque la seule province de France qui exportât alors au loin le produit de ses vignobles. On exigea, en conséquence, que quiconque amèneroit du vin en bateau à Paris, ne le débarquât point s'il n'étoit bourgeois établi dans la ville; il pouvoit vendre sa denrée en bateau à qui il vouloit, mais les acquéreurs bourgeois de Paris pouvoient seuls la débarquer en Grève; un étranger étoit libre d'acheter du vin dans le port, mais il falloit que, son achat fait, il fît passer le vin du bateau dans une voiture pour le conduire hors de la banlieue de Paris. Il n'y avoit donc que les bourgeois de Paris qui pussent acheter du vin pour en faire le commerce à Paris et aux environs.

L'origine de ce dernier privilége de la hanse parisienne nous est connue par une date certaine. Dans une charte de l'an 1192, Philippe-Auguste déclare faire aux bourgeois de Paris cette concession [1], ce qui paroît prouver qu'ils n'avoient point exercé ce droit auparavant.

Les Bourguignons se trouvoient exclus en même temps de la navigation de la Marne, car le confluent de cette rivière et de la Seine se trouvant dans la banlieue de Paris, on ne pouvoit pénétrer dans la

[1] « Concedimus quod nullus qui vinum adducat Paris. per aquam, possit exonerare ad « terram, nisi fuerit stationarius et residens Parisius.... Sed licet homini, cujus vinum « fuerit, vendere in navi vel in tabernam vel in grossum; verum si aliquis extraneus emerit « vinum illud in navi, accipiet vinum illud de navi in quadrigam, et ducet extra ballivam « Paris. sine exonerare ad terram. » Charte de Philippe-Auguste de l'an 1192.

première qu'avec l'autorisation de la Marchandise de l'eau, et en associant à l'expédition un marchand hansé de la capitale.

On auroit tort de regarder l'exemple de la hanse comme isolé, et sa rigueur comme la seule entrave à la navigation de la Seine : ce que faisoit la bourgeoisie parisienne en grand, chaque petit seigneur dont le château fort dominoit le cours de la Seine le faisoit en détail. Avant de pouvoir arriver de la Bourgogne jusqu'à Harfleur, une cargaison étoit mise à contribution par une dizaine de seigneurs et de communes bourgeoises, tous empressés de prélever un tribut sur les denrées et marchandises, ou de leur refuser le passage[1]. A peu de distance de Paris le seigneur de Maisons commençoit cette série de contributions auxquelles le bateau, en descendant la Seine, étoit assujetti, et la ville de Rouen n'étoit pas la moins exigeante. Elle aussi cherchoit à assurer à sa bourgeoisie marchande les principaux avantages de la navigation mercantile; les marchands étrangers ne pouvoient débarquer des vins à Rouen pour les revendre dans la ville, et aucun bateau chargé de marchandises ne pouvoit se rendre en France sans qu'un marchand rouennais fût intéressé dans l'expédition[2]. C'étoit, comme on voit, le pendant de la hanse parisienne.

Maîtresse de la grande navigation de la Seine, s'interposant entre la Bourgogne et la Normandie, la hanse de Paris étoit plus puissante que toutes les autres villes situées sur la Seine et que tous les seigneurs ayant donjon sur ce fleuve. Elle empêchoit les Normands d'envoyer directement le sel maritime et la marée dans la haute Seine, et les Bourguignons d'expédier sans intermédiaire leurs vins et leurs bois dans la basse Seine et à la mer. Il lui étoit facile de s'arranger avec les seigneurs des châteaux forts sur la rivière; car ceux-ci ne pouvoient avoir d'autre désir que de tirer un peu plus d'argent du passage des bateaux; en promettant au seigneur de Poissy, qui possédoit Maisons-sur-Seine, 12 deniers par

[1] Le Cartulaire de l'ancienne abbaye de Saint-Père à Chartres contient plusieurs chartes, par lesquelles cette abbaye avoit obtenu l'exemption de droits payables à Vernon, à la Roche-Guyon, etc., pour leurs bateaux de vins.

[2] *Charta Rothomagensis* de l'an 1207; dans le recueil de Duchesne, *Histor. Norman. scriptor.*

tonneau de vin, et deux setiers de cette boisson à prendre sur le premier tonneau, ils contentèrent ce noble, et s'assurèrent la liberté du passage devant son castel féodal [1]. Mais il n'étoit pas si facile d'apaiser la bourgeoisie marchande des villes sur la Seine, qui, trouvant ses intérêts lésés par les prétentions des Parisiens, se plaignit vivement des entraves mis à la navigation par la hanse parisienne, et essaya de temps en temps de secouer le joug onéreux imposé par cette hanse au commerce fluvial. La Bourgogne d'une part et la Normandie de l'autre réclamèrent contre le prétendu privilége de la hanse, mais ce fut en vain.

La ville d'Auxerre voulut user de représailles en empêchant les marchands parisiens de mettre à terre, dans cette ville, les cargaisons de sel qu'envoyoit la Normandie; mais la hanse parisienne invoqua le secours du Roi, et le comte d'Auxerre, forcé d'obéir à son suzerain, reconnut, par un acte dressé en l'an 1200, qu'il avoit eu tort de mettre obstacle au commerce des Parisiens dans sa ville, et promit de ne plus les molester [2]. Le Roi instruisit presque solennellement la bourgeoisie de ce succès, qui assuroit leur privilége [3]. On fit ensuite une légère concession aux Bourguignons, en leur permettant de commercer sans compagnie françoise au-dessus de Villeneuve-Saint-Georges et au-dessous du Pec dans la Seine, et au-dessus de Gournay dans la Marne; d'acheter même des denrées à Argenteuil et à Cormeilles pour les expédier sur la basse Seine; mais la navigation sur la rivière entre Villeneuve-Saint-Georges et le Pec leur resta interdite [4] : c'étoit les

[1] Charte de Philippe-Auguste de l'an 1187, homologuant l'accord fait entre les marchands de l'eau et Gathon de Poissi, au sujet du péage de Maisons-sur-Seine; tom. 1 de Félibien et Lobineau, *Histoire de Paris*.

[2] « Postquam vero cognovi excessum meum, permisi et concessi burgensibus Paris., ut « in perpetuum exonerent salem suum apud Autisiodorum. » Charte du comte d'Auxerre, aux Archives du Royaume.

[3] Ratification de la charte précédente par Philippe-Auguste, *ibid.*, et dans le tom. 1 de Félibien, *Histoire de Paris*.

[4] « Mercatores de terra nostra et Burgundiones, qui vadunt in Ysaram, poterunt facere « mercaturam sine participatione mercatorum Paris., apud Villam novam Sancti Georgii « et ultra, apud Gournacum et ultra, et a rivo de Aupech inferius. Apud Argentolium « etiam et Cormelles poterunt emere, et ducere per terram sub predicto rivo de Aupech,

exclure, comme par le passé, du commerce direct avec la Normandie. On ne voit pas d'actes qui prouvent que la Bourgogne ait fait de nouvelles réclamations en faveur de la liberté de la navigation.

Rouen, plus récalcitrante, ne se soumit pas aussi facilement que le comte d'Auxerre aux prétentions de la hanse. Pendant que la Normandie avoit encore ses ducs, le roi de France n'y avoit rien à ordonner, et, lorsqu'elle se soumit à Philippe-Auguste, elle eut soin de stipuler des avantages commerciaux qui pouvoient, jusqu'à un certain point, contrebalancer les prétentions de la hanse parisienne, et qui empêchoient celle-ci de communiquer directement avec la mer [1]. Aussi Rouen donnoit aux marchands de l'eau beaucoup plus d'embarras que toute la Bourgogne. Ils avoient senti la nécessité de faire une concession aux Rouennais; en conséquence, ils leur avoient accordé la faculté d'envoyer jusqu'au Pec, au-dessous de Saint-Germain-en-Laye, des bateaux vides pour les y charger, sans avoir besoin de compagnie françoise [2]; mais cette foible concession ne pouvoit satisfaire les Rouennais, qui vouloient importer librement par la Seine les denrées maritimes, et tirer de l'intérieur de la France celles dont ils avoient besoin. Ils demandèrent avec instance à envoyer leurs cargaisons au-delà du pont de Mantes. En 1258, le Roi soumit l'affaire à son parlement, mais il fut décidé que les Rouennais ne pouvoient enfreindre le privilége de la hanse de Paris [3].

Cependant ils ne se découragèrent point, et encore plus d'un siècle après on les voit renouveler leurs instances auprès du Roi régnant alors, qui étoit Charles VI. Cette fois l'affaire fut plaidée avec chaleur de part

« et ibi mittere in aqua. Intra metas predictas non poterunt facere mercaturam sine participatione mercatorum Paris., nisi mercatura fiat cum mercatore autem hansato, et « manente Parisius. » Charte confirmative de Philippe-Auguste de l'an 1204. *Ibid.*

[1] Voyez la *Charta Rothomag.* citée ci-dessus.

[2] « Rothomagensibus autem aque mercatoribus licebit, vacuas naves adducere usque ad « rivulum Alpeci et non ultra, et ibi onerare, et onustas reducere sine societate merca- « torum aque Paris. » Charte de Louis-le-Jeune de l'an 1170, citée ci-dessus.

[3] « Inquesta utrum cives Rothomag. possint ducere de ponte Medant. versus Paris. « mercaturas suas, scilicet sal, alecia et alia per aquam, etiamsi non sint de societate « mercatorum Paris.; probatum est quod non. » *Arrêt du Parlement* de l'an 1258; Félibien, *Histoire de Paris*, tom. 1, charte 13.

et d'autre. Les Rouennais disoient qu'un privilége nuisible au bien public ne devoit pas être maintenu; qu'eux aussi ils auroient pu avoir leur hanse, mais qu'ils avoient renoncé à cette institution, en se réservant seulement quelques avantages; que Rouen étoit une place de commerce importante pour l'approvisionnement de Paris, et qu'ainsi, elle méritoit des égards particuliers. Mais les Parisiens repoussoient la demande des Rouennais, alléguant que Paris étoit, en quelque sorte, pour la France, ce que Rome avoit été pour l'empire; une ville certainement digne de priviléges spéciaux, qui, bien qu'onéreux sous certains rapports, tournoient pourtant à l'avantage public. Notre grande ville, ajoutoient-ils, a besoin d'approvisionnemens immenses; or, qu'arriveroit-il si le commerce étoit entièrement libre sur la Seine? Les meilleures denrées passeroient devant Paris sans que cette capitale pût en profiter; elles iroient au dehors, peut-être même passeroient-elles chez les ennemis du royaume, tandis que le siége de la royauté en seroit privé. C'est donc par les motifs les plus sérieux que Paris a été dotée de quelques priviléges, qui au reste ne sont guère plus forts que ceux dont jouissent beaucoup de villes [1].

Les Rouennais perdirent encore une fois leur procès, et, de nouveau, le Roi confirma les priviléges de la hanse de Paris, qui furent reconnus également dans l'ordonnance que le même Roi fit en 1415 pour régler tout ce qui concernoit l'approvisionnement et le débit des vivres et

[1] « ..... Si dicti Rothomagenses possent transire et venire Paris. usque ad Burgundiam, « et redire libere, absque societate prædicta, possent exinde multæ fraudes, falsaque ad- « voamenta, et quam plurima alia inconvenientia etiam subsequi et committi, villam scil. « Paris. victualibus vacuando, ac vina de Burgundia meliora retinendo, et ipsa in magnis « navibus et cochetis suis ad regiones longincas et forsan ad inimicos regni nostri du- « cendo..... Dicebant insuper dicti Parisienses quod privilegiis suis et libertatibus ac jure « societatis prædictæ usi fuerant pacifice et quiete a tanto tempore de cujus contrario « memoria non extabat..... In Rothomago et in pluribus aliis civitatibus et villis regni « nostri multa subsidia et tributa graviora levabantur, et quod multo fortius societas præ- « dicta poterat et debebat tutelari, cum cederet ad sustentationem portuum et fluviorum « Parisius fluentium, et etiam totius mercaturæ supra dictæ. Proponebant etiam dicti Pari- « sienses quod prædicta societas erat in omnibus punctis rationabilis et justa, et pro bono « totius reipublicæ, et maxime reipublicæ Paris. introducta. » Charte de Charles VI de l'an 1388, en original aux Archives du Royaume.

d'autres denrées à Paris[1], ordonnance qui fut rendue après que ce prince eut rétabli la prévôté des marchands, qu'il avoit supprimée d'abord dans son mécontentement contre la commune de Paris, après l'insurrection du peuple. Il rétablit ainsi la prévôté et la hanse, et ce ne fut qu'au XVIIe siècle que celle-ci fut enfin supprimée ou perdit au moins ses priviléges, car alors même on respecta son nom en le conservant[2].

On pourroit s'étonner que les Rois aient sanctionné par leurs actes des prétentions qui, au fond, ne reposoient sur aucun document, si l'on ne savoit qu'alors on respectoit à l'égal des titres écrits ce qu'on appeloit les us et coutumes. Dans les temps barbares qui avoient précédé le moyen âge, on avoit peu écrit; aussi n'existoit-il pas beaucoup de titres de ce temps: les droits dont on jouissoit étoient consacrés par l'usage; les Rois mêmes et les grands vassaux n'avoient souvent d'autre titre pour l'exercice de leurs droits que la coutume; ils respectoient les usages des bourgeois comme ceux-ci se soumettoient quelquefois à des devoirs fondés uniquement sur l'usage. Lorsqu'il s'élevoit une contestation sur un droit acquis par un long exercice, on convoquoit dix bourgeois notables pour dire simplement ce qui se pratiquoit d'habitude et de mémoire d'homme, ou pour interroger là-dessus de vieux bourgeois; l'avis qu'ils donnoient à la suite de leur enquête acquéroit

[1] « Quant aucuns vins, quelz qu'ilz soient, seront amenez, se c'est pour aler aval l'eaue « au dessoubs desdits ponts, ilz seront guerrez en l'isle Notre-Dame; et iront ceulx à qui « ilz seront pardevers le prevost des marchans et eschevins pour estre hansez s'ilz ne le « sont, et aussi pour avoir compaignie françoise avecques la dite hanse, ou cas qu'ilz ne « seront bourgois de Paris; car autrement ilz ne avaleront les dis pons, sur la dite peine de « forfaiture. » Ordonnance de Charles VI de l'an 1415. Cette ordonnance fut imprimée en 1500, dans un vol. grand in-4e, en lettres gothiques, portant pour titre ces mots: *Le présent Livre fait mencion des Ordonnances de la prevosté des marchans et eschevinaige de la ville de Paris. Imprimé par l'ordonnance de messeign. de la court de Parlement, ou moys de janvier l'an de grâce mil cincq cents.* Elle fut réimprimée dans les diverses éditions des *Ordonnances royaux* concernant la ville, dont la plus ancienne édition paroit être celle de 1529, in-4°, lettres gothiques, et mêmes vignettes en bois que dans l'ouvrage précédent.

[2] « Seront et demeurent les droits de compagnie françoise éteints et supprimez, sans « préjudice du droit de hanse, et sans qu'il soit fait autre distinction entre marchands que « de forains et de marchands de Paris. » Édit de l'an 1672. Voyez Lamare, *Traité de la Police*, tom. II, p. 14.

force de loi, et confirmoit le droit ou l'usage. C'est ainsi du moins qu'on procéda vers l'an 1200 dans une contestation entre les marchands rouennais et les marchands de l'eau au sujet du mesurage du sel normand dans le port de Paris [1].

On ignoroit qui avoit donné aux marchands de Paris le droit de retenir aux limites de la baillie de Paris les bateaux chargés, mais on savoit que, de mémoire d'homme, ils en avoient usé ainsi; cela suffisoit pour commander le respect général à l'égard de la coutume de Paris; d'ailleurs les Rois profitoient des bénéfices qui résultoient de la hanse parisienne. Ils avoient la moitié des amendes infligées aux contrevenans, et plus la bourgeoisie de Paris étoit riche et puissante, mieux elle étoit à même de payer la taille et les autres impôts perçus au nom du Roi.

Il est dans la nature des corporations privilégiées de travailler à consolider et à affermir leur pouvoir, et d'exercer leurs droits avec une rigueur inflexible. Telle fut aussi la conduite de la hanse parisienne. Elle exerçoit sans cesse une police sévère et minutieuse sur la Seine et les bords de cette rivière. Quiconque osoit, dans les limites de la hanse, embarquer ou débarquer la moindre marchandise sans compagnie françoise, ne pouvoit guère échapper à la surveillance des sergens du Parloir-aux-Bourgeois. Son bateau étoit saisi, et lui-même il étoit cité devant le prévôt des marchands et les échevins, pour entendre prononcer contre lui la sentence de la confiscation. Il avoit beau plaider en personne ou employer le ministère d'un avocat pour se défendre : on l'écoutoit patiemment, tout se passoit dans les formes, mais la conclusion étoit toujours la même. Vous avez enfreint les priviléges de la marchandise de l'eau, lui répondoit-on, nous déclarons votre cargaison forfaite et perdue pour vous. Il existe dans les anciens registres de

[1] « Dicti mercatores, pro bono pacis, compromiserunt se ex utraque parte in x probis « hominibus, mercatoribus Paris., et illi x homines inquisierunt legitime veritatem per « testes idoneos mercatores, sicut fuit antiquitus..... Et hæc sunt nomina x proborum « hominum qui ista inquisierunt : Dominus Guill. Escu, Guido Autisiod., Joh. Carnifex. « Odo Popin, Renald. Bordon, Robert. Brésé, Odo Rufus, Guill. Blondel, Bertin Porée. « Ricard. Claudus. » Charte de Philippe-Auguste de l'an 1200, aux Archives du Royaume.

la ville une foule de jugemens de cette espèce; ils prouvent que si d'un côté la ville mettoit une persévérance infatigable dans l'exercice de son privilége, de l'autre côté les forains ne mettoient pas moins de persistance à éluder les lois inventées par l'égoïsme commercial [1].

Quelquefois la protection d'un homme puissant parvenoit à obtenir grâce pour le coupable; mais alors même le prévôt et les échevins, pour empêcher que la concession ne fût regardée comme un abandon de leurs droits, faisoient comparoître l'accusé et le forçoient d'avouer qu'il avoit enfreint les droits de la marchandise de l'eau, et encouru la confiscation dont on vouloit bien lui faire grâce [2]. On humilioit le contrevenant tout en lui accordant une faveur.

Il est vrai que l'on employoit d'un autre côté bien des ruses pour éluder les lois rigoureuses imposées au commerce par la hanse. Les contrebandiers trouvoient dans le corps même des marchands de l'eau des hommes assez complaisans pour être les compagnons légaux des spéculateurs étrangers, et qui, dans le fait, se contentoient de prêter leur nom, sans prendre aucune part à la spéculation. Lorsque cette fraude étoit découverte, le prévôt de Paris condamnoit les marchands à l'expulsion de la communauté des hansés [3]; ils tomboient dans la classe du commun peuple, et ne participoient plus d'aucun des honneurs et avantages affectés à la Marchandise. On conçoit ce que cette punition avoit de déshonorant; aussi les bannis mettoient-ils tout en œuvre pour être rétablis sur la liste des marchands de l'eau, et les registres de la ville font mention de plusieurs réhabilitations prononcées solennellement au Parloir-aux-Bourgeois [4].

Aucune considération de personne n'arrêtoit la Marchandise dans l'exercice de son privilége : elle fit saisir du vin que l'abbé de Saint-Germain d'Auxerre avoit envoyé et fait débarquer à Paris pour le faire déposer dans l'hôtel qu'il possédoit dans la capitale.

[1] Voyez les Sentences de confiscation, etc., p. 449 des *Réglemens sur les Arts et Métiers de Paris*.

[2] *Ibid.*, affaire de Raoul d'Amiens, p. 453.

[3] « Ce jor furent mis hors de la marchandise de l'iaue de Paris à touz jors, par le dit pre-« vost de Paris, les devant diz Fouques et Jaques, por ce qu'il avoient fet fause avoerie. » *Ibid.*

[4] *Coutumes de la Ville*, Ms. des Archives du Royaume.

L'abbé en appela au Roi. Le parlement de Philippe décida que l'abbé avoit été dans son droit, et ordonna la main-levée de la saisie; cependant la hanse fut assez puissante pour empêcher l'exécution de l'arrêt[1]. Elle força de même l'évêque de Paris de relâcher un bateau chargé de figues et d'autres denrées qu'un marchand espagnol avoit amené par la Seine, que la hanse déclaroit confisqué, et dont l'évêque, en sa qualité de seigneur de Saint-Cloud, avoit voulu s'emparer[2].

Plus d'une fois l'autorité royale invoquée par les forains fut obligée de restreindre la hanse aux limites de son privilége, qu'elle tendoit sans cesse à dépasser. C'est ainsi par exemple qu'elle prétendoit avoir le droit d'empêcher les habitans riverains au-dessous de Paris d'embarquer les vins de leur crû, pour les expédier en Normandie. Il fallut que le parlement du Roi se prononçât en faveur des vignerons dont la hanse avoit déjà saisi les denrées[3].

La hanse étoit pourtant assez bien partagée pour se contenter de ce qu'elle possédoit. En effet, indépendamment des bénéfices qu'elle retiroit de la navigation sur la Seine, elle exerçoit des droits importans qu'elle avoit obtenus des Rois pour accroître sa puissance.

Afin de pourvoir aux frais de construction du port du côté du Louvre, elle s'étoit fait accorder par Philippe-Auguste le droit de lever un impôt sur les denrées qui arrivoient par eau[4] : ils avoient acheté les *criages* de Paris, dont j'expliquerai plus tard la nature, et qui étoient la source d'un revenu important. Enfin c'étoient les magistrats de la marchandise de l'eau qui nommoient les mesureurs de grain et de sel, les courtiers, les jaugeurs, en un mot tous les préposés subalternes au commerce des vivres et du combustible.

[1] Voyez l'arrêt et la suite parmi les pièces jointes aux *Registres des Métiers*, p. 452.

[2] « Tandem cum pluries fuisset super hoc altercatum, quæ ipsa arrestatio facta fuit in « cursum aquæ in quo Rex habet justitiam, idem episcopus.... apud Vicenas hæc facta « emendavit Domino regi. » Arrêt du Parlement de l'an 1263, tiré du vol. I des *Olim*, et inséré par Lamare dans le tom. II de son *Traité de la Police*, p. 4.

[3] « Judicatum fuit quod vina hujusmodi non erant mercatura sive mercandisia. » Arrêt du Parlement de l'an 1264, tom. I des *Olim*, et inséré par Félibien au tom. I de l'*Histoire de Paris*. Un autre arrêt (*ibid.*), de l'an 1277, leur ordonne de restituer un bateau saisi à un marchand de Gascogne.

[4] Charte de l'an 1213, tom. I de l'*Histoire de Paris*.

Le commerce de terre avoit peu d'importance alors, à cause de l'état d'imperfection des chemins et des moyens de transport, et à cause des périls qu'essuyoient les marchands. Une seule route, celle d'Orléans, paroît avoir servi à un passage considérable de denrées pour Paris; aussi avoit-on établi à Montlhéry un péage dont nous avons encore le tarif [1] : on y voit soumis à l'octroi les draps, toiles et peaux, les grains, les bestiaux et moutons, et même le hérisson. Selon l'usage barbare du temps, le juif y est assujetti aussi à l'impôt : il paie plus cher s'il porte avec lui sa lampe, sans doute celle aux sept branches, pour la célébration du sabat : ses livres hébreux même étoient tarifés à Montlhéry. Nous ne connoissons pas de tarif semblable pour les autres routes qui menoient à la capitale.

D'ailleurs il n'y avoit que la Seine et ses affluens qui permissent aux Parisiens de tirer aisément du dehors les denrées dont ils avoient besoin, ou d'y envoyer celles qu'ils avoient de trop. Le commerce fluvial resta donc pendant long-temps la branche la plus importante du commerce parisien, et il n'est pas étonnant que le corps des marchands de l'eau fût considéré comme la communauté marchande tout entière. En comparaison des objets de son ressort, les autres affaires mercantiles n'étoient que peu de chose, et on dut arriver insensiblement à considérer les chefs de la marchandise de l'eau comme les prévôts de tout le commerce parisien, comme les chefs mêmes de la bourgeoisie, qui ne se composoit en effet que de marchands et d'artisans. Dans les chartes de la fin du XIIe et du commencement du XIIIe siècle, les Rois ne paroissent considérer encore les chefs de la marchandise de l'eau que comme ceux d'une association particulière; mais dans les chartes de la fin du XIIIe siècle, ceux-ci sont qualifiés de prévôt et échevins jurés des marchands de l'eau [2], et un peu plus tard on les voit à la tête de tout le commerce, de toute l'industrie de Paris; enfin ils deviennent les chefs de la commune, qui, comme on voit, a commencé à Paris par

[1] *Rôle de péage de Montlhéry* de l'an 1255, dans le *Livre Bleu* du Châtelet.

[2] Dans un arrêt du Parlement de l'an 1273, le prévôt est qualifié de *magister scabinorum*; mais dans un autre arrêt de l'an 1277, il reçoit le titre de *præpositus mercatorum Paris.* Voyez la *Dissertation* de Leroi, et les pièces annexées, tom. 1 de l'*Histoire de Paris.*

une confrérie de marchands, et s'est élevée par le commerce de rivière à la considération, à la consistance municipale. Il y a des raisons de croire que c'est par ce motif que la ville de Paris avoit et a encore pour ses armes un vaisseau [1]; à la vérité, il n'y avoit pas de vaisseaux à voile dans la Seine; mais la substitution du vaisseau au simple bateau qui apportoit le vin et le sel, peut avoir paru mieux convenir à des armoiries, mieux orner l'écusson et le sceau de la prévôté des marchands.

On ne sauroit nier que les efforts de la Marchandise de l'eau pour arriver au monopole des denrées, n'aient beaucoup contribué à l'agrandissement et à la prospérité de Paris. Il y avoit de grands avantages à être bourgeois de Paris, et surtout à faire partie de la corporation des marchands. Indépendamment des priviléges commerciaux, il s'étoit établi des coutumes civiles, avantageuses pour la communauté, et l'on conçoit que les bourgeois étoient fiers de leur qualité, et cependant un commerce entièrement libre auroit également enrichi et agrandi la capitale. On a dit à l'éloge de la Marchandise de l'eau, qu'elle avoit assuré les subsistances de la ville, et pourvu toujours à son approvisionnement. Cela peut être vrai à l'égard du vin et du sel, qui probablement n'ont jamais manqué d'arriver : mais le grain n'y manqua que trop souvent, et on voit par les commissions que le prévôt en temps de disette donnoit à des bourgeois pour aller à la recherche du blé dans la baillie de Paris [2], que le soin de tenir des grains en réserve, ou d'en faire venir en temps opportun, n'occupoit pas le corps des marchands de l'eau. En effet, fidèles à leur titre, les marchands ne pensoient qu'au commerce de rivière; celui de terre leur étoit étranger; ils ne se livroient pas d'ailleurs à de grandes spéculations mercantiles, accoutumés qu'ils étoient à participer aux bénéfices des spéculateurs étrangers qui envoyoient des denrées à Paris. Provoquer, multiplier, combiner ces envois, n'étoit par leur affaire. Ils étoient là quand les bateaux arrivoient de la Bourgogne ou de la Normandie,

[1] Leroi, *Dissertation sur l'origine de l'Hôtel-de-Ville.*

[2] Plusieurs de ces commissions sont inscrites dans le registre appelé *Coutumes de la Ville*, et cité ci-devant.

veillant avec jalousie à ce qu'aucun étranger ne portât atteinte aux droits de leur hanse : voilà ce qui absorboit toute leur attention.

C'étoient principalement les grandes foires qui alimentoient et entretenoient le commerce par terre. Paris en avoit trois : la foire Saint-Germain, la Saint-Ladre, et le Lendit. Chacune de ces foires duroit au moins une quinzaine de jours. La première se tenoit dans le bourg de Saint-Germain, qui, retenant encore aujourd'hui l'ancien nom de faubourg, fait partie de la ville : la justice et les revenus en appartenoient à l'abbaye sur le territoire de laquelle la foire avoit lieu. Celle de Saint-Ladre avoit été d'abord la propriété de la maladrerie ou léproserie de Saint-Lazare, également hors de l'enceinte de Paris; mais depuis que le Roi l'avoit achetée aux religieux de Saint-Lazare, pour la transférer dans le grand marché des Champeaux ou des halles, elle se tenoit dans ce lieu, et présentoit en grand ce que les halles étoient chaque jour de marché. C'étoit un vaste enclos couvert de hangars, et ceint de murs à grandes portes. Non seulement les marchands y venoient par intérêt; mais plusieurs métiers s'y rendoient par obligation. En effet, pour augmenter les revenus du Roi, qui percevoit un droit sur les étaux et sur toutes les *huches*, on forçoit les changeurs, les pelletiers, les marchands de soie, de cire, les selliers, et même les bouchers de fermer leurs boutiques et ouvroirs pendant toute la durée de la foire, et de n'étaler qu'aux halles et aux environs, dans les limites de la foire Saint-Ladre. Ce n'étoit plus une occasion de débit; c'étoit une servitude : aussi plusieurs métiers, les bouchers surtout, aimoient mieux s'arranger avec le Roi, et lui payer une somme d'argent pour n'être pas obligés de transporter leur commerce à la foire [1]. D'autres métiers, qui trouvoient dans la foire même une compensation suffisante pour leur déplacement et pour l'impôt auquel on les assujettissoit, ne demandoient pas d'entrer en composition, et fermoient leurs maisons pour grossir le nombre des étalagistes des halles pendant la quinzaine.

Le Roi affermoit souvent le produit de la foire Saint-Ladre : alors le fermier non seulement percevoit les droits d'usage, mais exerçoit

[1] Voyez la pièce *Droits de la Foire Saint-Ladre*, page 438 des *Réglemens sur les Arts et Métiers de Paris*.

aussi la justice sur le terrain de la foire; pendant quinze à dix-huit jours il étoit en quelque sorte le roi des halles.

Pour la durée de cette foire, on portoit dans l'enceinte des halles ce qu'on appeloit le poids-du-roi, c'est-à-dire les balances et les poids déposés dans un local de la rue des Lombards, où l'on s'en servoit à constater, moyennant un impôt d'usage, le poids légal des marchandises. Au XIVe siècle le poids-du-roi se trouva dans la possession de quelques bourgeois[1], par suite d'une de ces concessions que les Rois faisoient dans les momens de pénurie ou de foiblesse.

La principale foire, celle du moins qui avoit le plus d'attrait pour les Parisiens, étoit le Lendit, qui se tenoit pendant la plus belle saison de l'année, en juin, dans la plaine de Saint-Denis, et qui attiroit une foule immense. Dans nos temps, où le commerce étale chaque jour les productions brillantes et merveilleuses de l'industrie humaine, où le Palais-Royal et les grandes rues de la capitale sont une foire perpétuelle, on a peine à se figurer une grande foire du moyen âge, telle que le Lendit. C'étoit une époque de jouissances, de surprises, de vives émotions : on en attendoit l'arrivée avec impatience; on s'y préparoit long-temps auparavant : marchands étrangers et bourgeois, écoliers de l'université, baladins, cabaretiers, courtisanes, filous, tous accouroient en foule vers Saint-Denis pour prendre leur part de la fête commune[2]. C'est là qu'on mettoit au grand jour les produits de l'industrie que de sombres boutiques cachoient le reste de l'année, ou qu'on y cherchoit même inutilement, et qui se fabriquoient ailleurs. Les mères de famille faisoient acquisition d'ustensiles de ménage, et les écoliers, de parchemin; c'est là que les étrangers prouvoient les progrès que les arts mécaniques avoient faits chez eux; c'est là qu'on réunissoit les divertissemens capables d'émerveiller les bons bourgeois de la capitale; c'est là qu'on toléroit des amusemens, des débauches, qu'excluoit de la ville la vie simple et monotone de l'année. En un

[1] Ils sont nommés dans un accord fait en 1321 entre eux et les marchands de Paris. On trouve une copie de cet accord dans celle du *Livre Vert ancien* du Châtelet qui est aux archives de la Préfecture de Police.

[2] Un poète du moyen âge a chanté cette foire. Voyez Dulaure, *Hist. de Paris*, tom. II.

mot, le Lendit devenoit la fête de toutes les classes de la société : les uns s'y enrichissoient, les autres y faisoient leurs emplettes, et la foule s'y amusoit plus ou moins grossièrement selon ses goûts et ses moyens pécuniaires. La corruption des villes, transportée dans la campagne, y tenoit ses orgies; l'argent circuloit, et la ruse ne tendoit que trop de piéges à la simplicité et à l'ignorance.

Après cette longue fête de l'industrie et du commerce, marchands étrangers, taverniers, baladins et courtisanes se dispersoient, et les bourgeois rentroient dans les habitudes uniformes de la vie parisienne.

Il faut maintenant voir l'industrie, les métiers et les corporations d'artisans de Paris à cette époque. Mon intention n'est point de passer en revue les cent métiers enregistrés par le prévôt Étienne Boileau, ni ceux qu'il n'a pas enregistrés, et qui n'en sont pas moins anciens. Je ne pourrai parler ici que des métiers principaux, et de ceux dont l'exercice présentoit quelques particularités étrangères à nos mœurs et à nos habitudes. Paris étoit loin alors d'avoir ces rues larges, ces places bien aérées, ces promenades, ces magasins superbes, ces ateliers immenses et ces manufactures des faubourgs qui font aujourd'hui la beauté et la richesse de la capitale. Pour se retracer le Paris du XIIIe siècle, il faut voir les rues étroites et tortueuses de la Cité, celles qui se croisent aux environs de la vieille tour de Saint-Jacques-des-Boucheries, et celles qui descendent de la Montagne-Sainte-Geneviève vers la Seine. Dans ces vieux quartiers, la ville n'a pas entièrement perdu son ancien aspect. Là, vous trouverez encore de vieilles maisons étroites, pressées les unes contre les autres, dans des rues où les voisins font, par les fenêtres ou sur les portes, d'autant plus commodément la conversation, que rarement le bruit d'une voiture vient l'interrompre; des boutiques à peine éclairées y cachent, plutôt qu'elles ne laissent voir, les denrées et marchandises dont trafique le bourgeois, et cette boutique est souvent aussi l'atelier où s'apprêtent ces mêmes marchandises; réduit obscur qui rappelle les *ouvroirs* dont il est si souvent parlé dans les réglemens d'arts et métiers. Le rapprochement des boutiques, le peu de largeur des maisons et de la rue nous expliquent encore pourquoi ces réglemens défendent souvent aux marchands d'appeler l'acheteur chez eux avant qu'il ait quitté l'étal du voisin. Les marchands et artisans d'une même espèce étoient alors très proches voisins; c'est ainsi que les tisserands demeuroient l'un à côté de l'autre dans la rue de la Tisseranderie; les maçons, dans celle de la Mortellerie; les charrons, dans la rue de la Charronnerie; les tanneurs, dans trois ou quatre rues qui portoient, et portent encore en partie le nom de la Tannerie. Ceux qui, pour leurs travaux, avoient besoin de l'eau de la rivière, tels que les mégissiers et teinturiers, s'étoient réunis sur les bords de la Seine; d'autres s'étoient groupés autour des halles, et y occupoient des rues entières. A la fois amis et rivaux, ces artisans voisins et membres de la même confrérie étoient toujours aux aguets de ce qui se passoit à côté d'eux; les fripiers sous les piliers des halles ont conservé un peu les coutumes des marchands parisiens du XIIIe siècle.

Presque toutes ces petites boutiques se fermoient le soir, quand la cloche de Notre-Dame, ou celle de Saint-Méry, ou celle de Sainte-Opportune avoit sonné l'*Angelus*. C'étoit une règle de leurs statuts de suspendre l'ouvrage au dernier coup de vêpres ou de l'*Angelus*, ou au couvre-feu. Il étoit défendu d'ailleurs à la plupart des métiers de travailler à la lumière, parce qu'on étoit persuadé que leur ouvrage ne seroit pas bon; aussi un morne silence succédoit le soir à l'activité bruyante qui avoit régné dans ces rues étroites pendant le jour, et la ville étoit plongée dans une obscurité profonde. On ne connoissoit pas les spectacles, les bals, les cafés; on se couchoit de bonne heure afin d'être levé à la pointe du jour, lorsque la cloche de la paroisse voisine retentissoit de nouveau pour annoncer l'ouverture des églises. Le samedi, on cessoit plus tôt de travailler, comme pour rendre hommage à la solennité du lendemain, et pour se préparer au dimanche; et les jours de fête, qui n'étoient que trop nombreux, les ouvroirs restoient également fermés. L'église réunissoit alors la population industrieuse de la vieille cité; l'après-midi, les bourgeois se promenoient en famille entre les courtils hors des murs; pour y arriver, on n'avoit pas beaucoup de chemin à faire. Il est probable aussi que les tavernes ne man-

[1] Beaucoup de statuts qu'on lira dans les *Registres des Métiers* contiennent cette disposition.

quoient pas dans les bourgs autour des abbayes qui touchoient presque aux murs de Paris. On a dit souvent que ces bourgs s'étoient peuplés aux dépens de la ville, attendu que, sur les terres privilégiées des abbés, les artisans avoient plus de liberté que sur ce qu'on appeloit les terres du Roi[1]. Cependant on ne voit pas que les abbés aient fait grâce aux bourgeois ni de la taille ni des servitudes ordinaires. D'autres motifs pouvoient engager les artisans à s'établir dans les bourgs abbatiaux, sans que, toutefois, la population de Paris en souffrît beaucoup; car, dès le XIIIe siècle, nous voyons la plupart des métiers exercés à Paris par une foule d'artisans, et la rivalité entre les habitans des terres royales et ceux des terres seigneuriales ne pouvoit qu'entretenir une émulation utile aux progrès de l'industrie, et aux habitudes laborieuses des artisans.

Tous les samedis la ville de Paris offroit le spectacle d'un mouvement extraordinaire. Le petit commerce cessoit dans la plupart des quartiers pour se concentrer aux halles. C'est là seulement que ce jour-là beaucoup de métiers pouvoient vendre les objets de leur industrie: obligés de fermer leur boutique et de se transporter aux halles, ils louoient du hallier qui percevoit le tonlieu au nom du Roy, des étaux ou des huches pour l'étalage de leurs denrées ou marchandises; les boulangers ou talemeliers du dehors y apportoient du pain, et les drapiers, les tisserands, les marchands de cordouan des villes et bourgs de la baillie de Paris et même de plus loin y étaloient leurs draps, leurs étoffes, leurs cuirs, tandis que petits fripiers, savetiers et autres vendeurs de vieux étaloient par terre les hardes et chaussures pour le petit peuple[2]. Les bourgeois de Paris venoient alors choisir les marchandises qu'ils ne découvroient pas aussi facilement dans les boutiques, et faire leurs approvisionnemens en denrées, dont plusieurs n'arrivoient que ce jour-là.

[1] Il ne faut pas prendre à la lettre les expressions du sire de Joinville, qui, dans la *Vie de Saint-Louis*, dit que, par suite de l'arbitraire qui régnoit dans la prévôté de Paris avant Saint-Louis, les bourgeois se retiroient sur le territoire des hauts justiciers ecclésiastiques, et que la terre du Roi fut comme déserte.

[2] Voyez la pièce *Produit du Hallage de Paris*, p. 433 des *Réglemens sur les Arts et Métiers de Paris*.

C'étoit alors quelque chose de grand, de plein d'intérêt que les halles de Paris ; non seulement chaque profession, chaque branche de commerce y avoit sa place marquée, et même sa halle particulière ; mais beaucoup de lieux manufacturiers de France y étoient représentés par leurs fabricans, qui avoient également leurs siéges fixes dans ce bazar. Ainsi Beauvais, Cambrai, Amiens, Douay, Pontoise, Lagny, Gonesse, avoient leur section de halles ; les Parisiens, sans s'en douter, jouissoient presque du spectacle d'une exposition des produits de l'industrie nationale.

Le samedi il y avoit un grand passage au Petit-Pont par lequel Paris communiquoit avec la campagne du côté du midi, et le péager qui y percevoit le droit du Roy, ou comme on disoit en vieux langage, la *droiture lou Roy*, d'après un tarif que nous verrons dans la 2e partie des *Registres* d'Ét. Boileau [1], étoit fort occupé à distinguer ce qui étoit sujet au péage d'avec ce qui ne devoit acquitter ses redevances qu'aux halles ou au bureau du pesage. Dans ce tarif on trouve l'indication de presque tous les objets de commerce et d'industrie qui venoient du dehors ou qui, de Paris, passoient aux provinces. En parcourant cette liste, on est étonné de la frugalité des Parisiens d'alors ; combien ils étoient restreints dans leurs besoins et dans leurs goûts ! Que d'objets de luxe et de sensualité, devenus depuis presque nécessaires, leur étoient inconnus ! quelle simplicité et quelle sobriété en comparaison de ce qu'exigent aujourd'hui les habitudes des bourgeois ! Il est vrai qu'au XIIIe siècle l'industrie des Parisiens ne fournissoit pas toutes ces marchandises ingénieusement fabriquées qui, recherchées dans toutes les parties du monde, les enrichissent et les mettent à même de se procurer de leur côté ce qui leur plaît, ce qui s'accorde avec leurs goûts. Les artisans de Paris ne travailloient guère alors que pour les besoins de la cité et de la banlieue ; leurs marchandises ne s'expédioient pas encore beaucoup au dehors. Elle n'étoit pas riche cette bourgeoisie industrielle, et si elle dépensoit peu, c'est que ses gains étoient très modiques.

Jetons un coup d'œil sur ces artisans du XIIIe siècle, en les distin-

[1] Part. II, tit. II, p. 280 et suiv.

guant selon la nature de leurs travaux. Voyons d'abord ceux qui s'occupoient des alimens, puis les ouvriers en métaux et en bois, puis ceux qui travailloient pour l'habillement.

Dans le temps où la ville avoit été confinée dans l'île de la Cité, un marché approvisionné par la Beauce avoit suffi aux habitans; un four appartenant à l'évêque, et établi sur la rive droite de la Seine, cuisoit leur pain[1]. Depuis que Philippe-Auguste avoit compris dans l'enceinte les bourgs voisins de Paris, et depuis que la population et l'importance de la ville s'étoient considérablement accrues, cette simplicité rustique étoit abandonnée; les Champeaux ou les halles étant devenus le marché principal, attiroient les grains de la Brie, de la Picardie et d'autres provinces, tandis que celui de la Cité conservoit le nom de marché de la Beauce; le grain commençoit aussi à venir de la haute Seine et de la Marne, mais pas en assez grande quantité pour attirer beaucoup l'attention de la hanse parisienne. Une classe de bourgeois, celle des blatiers, trouvoit une occupation suffisante dans le commerce des grains. Le prévôt des marchands gardoit, au nom du Roi, les étalons des mesures, et les mesureurs jurés nommés par le corps des marchands étoient institués pour la garantie des ventes[2]. Les moulins pour moudre les grains étoient amarrés sous le grand Pont de Paris; enfin les talemeliers ou boulangers, qui achetoient du grand panetier du Roi le droit d'exercer leur métier, cuisoient le pain dans des fours qui n'étoient plus, comme autrefois, des fours banaux ou seigneuriaux. Cependant les abbayes de Saint-Germain, Saint-Marcel, Saint-Martin continuoient chacune d'avoir un four banal, et forçoient les habitans d'y faire cuire leur pain; cela ne fut plus praticable quand la population de leurs terres se confondit avec celle de la ville. Quelques abbés eurent, néanmoins, beaucoup de peine à renoncer à leur ancien droit féodal[3].

Les talemeliers ou boulangers, après quatre ans d'apprentissage, pouvoient obtenir la maîtrise en achetant, comme il vient d'être dit, le métier du grand panetier ou de son délégué, qui avoit le titre de maître

[1] Lamare, *Traité de la Police*, tom. II, tit. V.
[2] Voyez *Registres des Métiers*, part. I, tit. IV.
[3] Lamare, *Traité de la Police*, tom. II, tit. II.

des talemeliers, et en se soumettant à l'impôt hebdomadaire qui pesoit sur la boulangerie. Il n'y avoit que cette profession qui eût un cérémonial particulier pour la maîtrise, du moins autant que nous le sachions par les registres de la ville. Le récipiendaire portoit dans la maison du maître des talemeliers un pot rempli de noix et de nieules (espèce de dragées en pâtisserie), et jetoit le pot contre le mur, après quoi les maîtres et valets ou compagnons du métier entroient, et recevoient à boire de la part du chef du métier [1]. Il se pourroit que cet usage fût d'une grande antiquité, et remontât bien haut dans les fastes de la talemelerie en France ou en Gaule. Dans la suite il tomba en désuétude; cependant les boulangers de Paris n'en perdirent pas le souvenir, et lorsqu'au XVIIe siècle ils proposèrent un nouveau réglement à l'autorité publique, ils n'omirent pas le pot d'installation des temps féodaux en l'accommodant toutefois aux progrès de la civilisation; ils demandèrent, en conséquence, que le candidat à la maîtrise présentât à l'avenir un vase avec une branche de romarin à laquelle seroient attachés des pois sucrés, des oranges et d'autres fruits [2]. Mais le temps où l'on recevoit l'investiture par le moyen d'un pot étoit irrévocablement passé. L'usage féodal ne put être rétabli; et la maîtrise continua d'être accordée sans la cérémonie du pot, des nieules et du romarin.

Ce qui dura plus long-temps ce fut la juridiction du grand panetier sur les boulangers; malgré le conflit entre la prévôté de Paris et la grande paneterie, cette juridiction subsista pendant des siècles [3], et si la charge de grand panetier n'eût été supprimée, peut-être la boulangerie y seroit-elle restée sujette jusqu'à la révolution françoise de 1789.

Il étoit interdit aux talemeliers de Paris de cuire les dimanches et les jours de fêtes [4], en sorte que pendant près de soixante jours par an les fours chômoient, et la population de Paris étoit privée de pain frais. C'étoit probablement par cette raison que le samedi le marché au gros

[1] *Registres des Métiers*, part. I, tit. I.

[2] Lamare, *Traité de la Police*, tom. II, tit. XII.

[3] *Ibid.*, tom. I, liv. I, tit. X, chap. 2.

[4] Ces jours sont tous indiqués dans le statut des Talemeliers, part. I des *Registres des Métiers*.

pain se tenoit aux halles, accessibles aussi bien aux marchands forains qu'aux talemeliers de Paris; Gonesse occupoit même, comme nous avons dit, une halle particulière ou une section des halles. On accordoit encore une faveur aux talemeliers de la banlieue: ils pouvoient, avec ceux de Paris, exposer en vente, le dimanche au Parvis Notre-Dame, le pain qu'ils n'avoient pas vendu le samedi aux halles [1], et il est probable qu'ils en avoient toujours de reste; mais les forains avoient aussi leur tonlieu à payer, comme les talemeliers de Paris; seulement ils le payoient à un autre seigneur que le Roi : c'étoit l'abbaye des religieuses de Longchamp qui percevoit le tonlieu sur les talemeliers forains qui débitoient du pain à Paris : il leur en coûtoit 4 deniers par char rempli de pain, 2 den. par charrette, 1 den. par charge de cheval et une obole pour une charge d'homme. Au jour de Saint-Denis, les religieuses de Longchamp étoient pourtant obligées de céder leur droit de seigneurie à l'abbaye de Saint-Denis jusqu'au jour de Saint-André, qu'elles reprenoient la perception de leur droit d'usage [2]. Quelques talemeliers cherchèrent à se soustraire au tonlieu des religieuses, mais le prévôt et le parlement respectant les titres de Longchamp forcèrent ces artisans à renoncer à leur opposition [3].

Quoique sous le règne de Louis IX les talemeliers obtinssent un statut très détaillé, plus détaillé même que celui d'aucune autre profession [4], on ne leur prescrivit pourtant rien sur la qualité et le poids du pain. Ce ne fut que long-temps après que l'on fut obligé, pour obvier aux plaintes du peuple, de régler le poids et les qualités des diverses sortes de pain [5]. Auparavant on suivoit sans doute les vieux usages et la routine. On avoit des pains de deux deniers, d'un denier et même d'une obole.

La pâtisserie étoit encore dans l'enfance; la première corporation

[1] *Registres des Métiers*, part. 1, tit. 1.

[2] Arrêt du Parlement en faveur des religieuses de l'abbaye de Longchamp, de l'an 1328, dans le *Livre Blanc Petit* du Châtelet.

[3] Sentence du prévôt de Paris contre le talemelier Jehan Herault, de l'an 1296, dans le *Livre Blanc Petit*.

[4] *Registres des Métiers*, part. 1, tit. 1, *des Talemeliers*.

[5] Lamare, *Traité de la Police*, tom. II, liv. V, tit. XII.

de pâtissiers que l'on voit se former au XIIIe siècle à Paris, est celle des *oubliers* ou *oublayers*, qui faisoient les gaufres, les nieules et les feuilles légères appelées *oublies*. On crioit celles-ci dans les rues de Paris, comme on y crie aujourd'hui les *plaisirs*[1]. Le Roi avoit son *oublier* d'office[2]; c'étoit, à ce qu'il paroît, un personnage assez considéré des cuisines royales, puisque, dans l'état de la maison de Louis IX qui nous a été conservé, il lui est accordé un cheval et une ration de fourrage[3].

Une corporation parisienne qui se vantoit d'une origine très ancienne, étoit celle des bouchers. Ce qui prouve en effet son antiquité, c'est qu'elle avoit conservé quelque chose de l'organisation donnée sous les empereurs romains aux corporations des bouchers dans les villes. Chez les Romains, les familles une fois vouées à l'état de boucher y demeuroient forcément affectées, et ne pouvoient plus le quitter; leur qualité se transmettoit de père en fils; ils formoient donc une classe entièrement séparée du reste de la bourgeoisie. Voilà à peu près comme nous trouvons la boucherie de Paris à l'époque où les actes publics constatent son existence corporative, étant exercée alors exclusivement par un certain nombre de familles qui transmettoient leurs étaux comme un héritage à leurs descendans[4]. Dans l'origine, les bouchers avoient étalé au Parvis Notre-Dame[5]; mais quand Paris se fut étendu sur la rive droite de la Seine, ils établirent leur boucherie auprès du Châtelet, dans le quartier où le nom de l'ancienne église et de la tour encore existante, de Saint-Jacques des Boucheries, en perpétue le souvenir. Là, chaque famille du métier avoit ses étaux, et les traitoit comme une propriété immobilière. Déjà dans un acte de l'an 1134,

[1] Guill. de Villeneuve, *Crieries de Paris*, dans l'ouvrage *Proverbes et Dictons populaires*. Paris, 1831.

[2] « Oblearius. » *Ordinatio hospitii et familiæ Domini Regis*, 1261, dans les notes de Ducange sur la Vie de Saint-Louis par Joinville, p. 108. On trouve aussi un *Oublier* dans l'état de la maison du roi Philippe, de l'an 1285.

[3] Pro feno equi sui, 3 denar. per diem.

[4] Lamare, *Traité de la Police*, tom. II, liv. V, tit. XX.

[5] « In Parviso super insula Nostræ Dominæ, » selon les anciens titres cités par Lamare, *ibid.* L'église de Saint-Pierre-aux-Bœufs, qu'on a démolie en 1837, rappeloit l'ancienne occupation de ce quartier.

ces étaux sont qualifiés de vieux[1]. La boucherie de l'île abandonnée par la corporation fut donnée par le Roi à l'évêque de Paris, qui y installa des bouchers de son choix[2]. Elle fut détruite au XIVe siècle, à la suite des troubles de Paris, auxquels les bouchers, surtout Caboche, étalagiste du Parvis, avoient pris une grande part. Mais on la rétablit plus tard[3].

C'est donc aux grandes boucheries près du Châtelet que l'ancienne corporation eut ses étaux, avant même que l'enceinte de Paris s'étendît jusque-là. Se regardant comme les fournisseurs privilégiés de viande, ils réclamèrent vivement contre l'établissement de nouveaux étaux qui fut fait par des propriétaires de terrains voisins, ce qui donnoit lieu à l'apparition de nouveaux bouchers qui n'appartenoient pas à l'ancienne corporation; ne pouvant parvenir à leur faire interdire l'exercice de la profession, les anciens achetèrent, moyennant un cens annuel, la plupart des étaux qui s'étoient établis auprès des leurs[4]; mais ils ne purent empêcher l'abbaye de Saint-Martin, les templiers, les autres seigneurs de terrains à Paris, d'avoir des étaux de boucherie[5]. Ils tendoient néanmoins toujours au monopole. Déjà en 1162, Louis VII, sur les plaintes des bourgeois, avoit résolu d'anéantir cette puissante corporation et tous ses priviléges. Mais ils supplièrent avec tant d'instances, que le Roi, cédant peut-être aussi à d'autres considérations, tirées de la nécessité d'un approvisionnement bien réglé de viande pour la ville de Paris, rétablit la communauté et ses *antiques coutumes*[6]. Pour

[1] « Stallum unum inter veteres stalla carnificum. » Charte de donation de Louis-le-Gros au monastère de Montmartre.

[2] Lettres patentes de Philippe-Auguste de l'an 1222.

[3] Elle fut donnée alors en bail par le chapitre de la cathédrale. Un acte du Cartulaire de cette église cité par Lamare, de l'an 1410, parle de la requête « Robini carnificis Parvisi super insula Nostræ Dominæ, eidem tradita ad firmariam. »

[4] « Dicti carnifices domum prædictam et XXV stalla amodo ad censum L librarum tene-« bunt a nobis. » Charte de l'abbesse de Montmartre, de l'an 1212. Toutes les chartes concernant les bouchers ont été rassemblées par Lamare.

[5] Voyez sur cet objet Lamare, *Traité de la Police*, tom. I, liv. V, tit. XX.

[6] « Longo tempore carnifices quasdam antiquas habuerunt consuetudines.... Naturales « carnifices nos adierunt, et suæ miseriæ pondus exposuerunt.... Itaque..... revocavimus « in civitatem nostram Paris. antiquas consuetudines carnificum, et eis omnino et inte-

qu'elles aient paru anciennes déjà à cette époque, il faut qu'elles datent de bien loin. Ces vieilles familles de bouchers incorporés ont continué pendant plusieurs siècles de fournir de la viande aux Parisiens. C'étoit comme la noblesse de l'état de boucherie. Elles étoient réduites au nombre de quatre à l'époque où Lamare fit son *Traité de la Police,* c'est-à-dire au commencement du XVIIIe siècle. Quoique leur nombre eût considérablement diminué dès le XVIe siècle par suite des extinctions, elles prétendoient occuper encore tous les étaux de la grande boucherie et de l'ancien cimetière Saint-Jean, mais en les louant à des bouchers qui n'étoient pas de la corporation.

Il y a des arrêts du Parlement qui obligent les anciens bouchers de servir le public par eux-mêmes ou par leurs garçons, et qui fixent les loyers des étaux; à la fin il fallut que l'autorité intervînt pour détruire le monopole de la corporation ancienne[1]. C'est une chose curieuse à observer que la transmission de l'esprit de corps dans ces professions, à travers toutes les vicissitudes de l'industrie et du commerce. Encore sous la restauration, on crut voir une tendance des bouchers pour concentrer les étaux dans les mains des plus riches d'entre eux, et ce fut, je crois, pour y remédier que l'on autorisa l'établissement d'un grand nombre de nouveaux étaux.

Il peut paroître singulier que tandis qu'une centaine de métiers firent enregistrer au Châtelet leurs statuts, sous le règne de Louis IX, les bouchers de Paris n'y vinrent point, et qu'il ne se trouve dans les registres de la prévôté de cette époque, ni de la fin du même siècle, aucun réglement concernant la boucherie. A mon avis, la raison en est, que les bouchers formant en quelque sorte une caste particulière ayant ses statuts d'ancienne date et même son chef spécial pris dans la caste et choisi par elle, se regardèrent comme suffisamment constitués en corporation, et ne crurent pas nécessaire de se mettre dans la dépen-

« graliter reddidimus. » Charte de Louis VII de l'an 1162, contenue dans une charte confirmative de Charles régent, de l'an 1358; tom. III des *Ordonn. des Rois de France*, p. 258.

[1] Lamare, dans son *Traité de la Police*, rapporte toutes les transactions et tous les actes relatifs à cet objet.

dance de la prévôté. Se gouvernant eux-mêmes, faisant juger leurs différends par un chef de leur choix, et ne rendant compte à personne de la manière dont ils disposoient des biens de leur communauté, ils ne voulurent probablement pas s'exposer aux risques de voir modifier leurs statuts par le premier magistrat de la capitale. Il en est résulté que leurs statuts, qualifiés d'antiques, nous sont restés inconnus : peut-être, sans avoir jamais été écrits, se sont-ils transmis par tradition dans la caste bouchère. Pendant les derniers siècles, on demanda plusieurs fois en justice les titres écrits qui pussent légitimer les prétentions de l'antique corporation dans les procès qu'elle soutenoit.

Elle répondit qu'elle n'en avoit pas[1]; en effet, par un singulier contraste, la plus vieille corporation de Paris produisoit les titres les plus récens, datés du XVIe siècle.

Il y a pourtant un titre ancien dont elle auroit pu se prévaloir, à ce qu'il me semble : c'est l'acte de transaction par lequel Philippe-le-Hardi, pour terminer la contestation entre les bouchers de la grande boucherie et le Temple, qui prétendoit tenir sa boucherie, accorda en 1282 à celui-ci deux étaux, sans vouloir toutefois porter atteinte aux coutumes, franchises et priviléges de la communauté des bouchers. « Ils disoient, porte cette charte, qu'ils avoient, et que leurs pré« décesseurs avoient eu la faculté, pour ainsi dire, de faire et de con« stituer bouchers à l'effet de couper et de débiter des viandes pour « toute la ville, les fils des bouchers existans, sous notre autorité et « avec notre consentement, sans qu'aucune autre personne dans la « ville et dans ses dépendances, ait la permission de faire des bouchers, « ou d'élever une boucherie pour la ville de Paris et les faubourgs, « à l'exception de ceux qui ont des bouchers depuis un temps immé« morial[2]. » Et la charte du Roi se termine par ce passage remarquable : « En faisant cette concession au Temple, nous n'entendons « point qu'il soit porté aucun préjudice à nos bouchers et à leur

[1] Lamare, *Traité de la Police*, tom. II, liv. V, tit. XX.

[2] Dicebant se et predecessores esse et fuisse in possessione vel quasi faciendi et constituendi carnifices ad scindendum et vendendum carnes pro tota villa, etc. » Charte de Philippe de l'an 1282 ; tom. III des *Ordonn. des Rois de France*.

« communauté, ni à leurs usages, coutumes, priviléges et franchises ; « nous voulons au contraire que ces priviléges, usages, coutumes et « franchises demeurent dans toute leur vigueur[1]. »

Certes, cette déclaration du Roi est un titre bien positif ; il constate et confirme le monopole de la grande boucherie vers la fin du XIIIe siècle ; mais les bouchers durent regretter dans la suite que cet acte ni aucun autre n'ait expliqué en détail toutes ces franchises et coutumes, alléguées sommairement par Philippe-le-Hardi dans la charte de l'an 1282, et que leurs prédécesseurs, au lieu de jouir de leurs avantages, n'aient pas eu soin de les faire constater légalement, et confirmer par l'autorité compétente. C'est que les prédécesseurs n'avoient pas prévu le temps où la postérité seroit assez hardie pour attaquer la constitution d'un corps aussi ancien peut-être que la monarchie.

Le vin étoit alors, comme aujourd'hui, la boisson commune de toutes les classes de la société à Paris. Nous avons vu que c'étoit principalement par les vins que la hanse parisienne tiroit parti de ses priviléges. Quoiqu'il existât une corporation de cervoisiers qui faisoit de la bière de grains[2], et qui, à ce qu'il paroît, ne connoissoit point l'emploi du houblon, déjà fort en usage dans d'autres contrées[3], c'étoit au vin que s'attachoit le peuple de préférence ; beaucoup de bourgeois avoient aux environs de la ville des vignes dont ils pouvoient faire venir les vendanges chez eux sans payer de péage[4] ; mais il venoit encore plus de vins par l'Yonne et la haute Seine ; on en tiroit pareillement de l'Orléanois. C'est au port de la Grève que les taverniers et les bourgeois faisoient leurs achats. On voit à la fin du XIIIe siècle reconnue

[1] « Nolumus quod per dictam concessionem nostram.... eisdem carnificibus nostris et « eorum communitati, usibus, consuetudinibus, privilegiis et franchisiis aliquod preju- « dicium generetur ; immo privilegia, usus, consuetudines et franchisias eorum volumus « in suo robore duraturas. » *Ibid.*

[2] Leur statut est dans les *Registres des Métiers*, part. I, tit. VIII.

[3] En Silésie, par exemple, il y eut des houblonnières (*humuleta*) dès le milieu du XIIIe siècle. En 1255, le duc Henri III donna à cens des terres à plusieurs paysans : *laborantibus humulum* ; en 1288, les chartes mentionnent les *humuleta* d'Oels, etc. Voyez Tzschoppe et Stenzel *Urkundensammlung zur Geschichte der Stædte in Schlesien*. Hambourg, 1832, in-4°.

[4] *Registres des Métiers*, part. II, tit II.

par des actes publics, l'existence de la classe des courtiers qui servoient au port même d'intermédiaires entre les vendeurs et les acheteurs, et dont le droit de courtage étoit réglé par ordonnance [1].

Les tavernes étoient fréquentées alors comme toujours par les classes inférieures; il falloit qu'elles eussent une bien mauvaise réputation, pour que Louis IX se crût obligé de défendre de les fréquenter [2]; défense singulière, si l'on pense que les taverniers formoient une corporation légalement établie, qui avoit ses statuts et qui payoit des taxes assez considérables [3]. Aussi cette rigueur du saint Roi n'eut pas d'exécution. Les tavernes, excessivement nombreuses [4], continuèrent d'être hantées par le peuple; et c'est toujours là que s'est fait, au moyen âge, le débit du vin en détail, ou, comme on disoit alors, du *vin à broche*. Le peuple ne connoissoit guère qu'une qualité de boisson, le vin *vermeil;* le prix en étoit presque aussi stable que celui du pain. Il y eut grande rumeur dans Paris, au XIVe siècle, lorsque les taverniers se permirent de vendre la pinte de 12 à 16 deniers : il leur fut enjoint de par le prévôt de revenir à l'ancien taux de 10 deniers [5].

Pour chaque pièce de vin que le tavernier entamoit, il étoit assujetti à un impôt que percevoit le corps des marchands ou le Parloir-aux-Bourgeois, situé près du Châtelet. Afin d'arriver à constater le nombre de pièces entamées et la quantité de vin débité, on avoit depuis longtemps inventé un moyen supérieur à tous ceux que la perception des impôts de consommation a suggérés aux financiers des temps modernes. Ici je suis obligé d'entrer dans les détails d'une institution qui ne pa-

[1] Voyez, p. 352 des *Réglemens sur les Arts et Métiers de Paris*, l'ordonnance qui les concerne. Selon l'ordonnance de Charles VI, de l'an 1415, ils avoient été anciennement au nombre de soixante. Ce nombre fut maintenu; ce qui prouve qu'aux siècles antérieurs Paris avoit fait autant d'affaires en vins qu'il en faisoit au commencement du XVe siècle.

[2] Du moins selon une note qu'on trouve dans d'anciens manuscrits; il n'y a pas d'ordonnance formelle.

[3] Le statut des taverniers est dans les *Registres des Métiers*, part. I, tit. VII.

[4] En parcourant les rôles des tailles des bourgeois de cette époque, on est étonné du nombre considérable de taverniers qui y sont inscrits. On les compteroit par centaines.

[5] Ordonnance de police de l'an 1368, dans le *Livre Blanc Petit* du Châtelet. Dans les anciens *Registres des Métiers* il leur est enjoint : « qu'ils ne croissent leur fuer, et le puent bien abessier; » part. I, tit. VII.

roît pas d'abord avoir un rapport direct avec le sujet qui nous occupe, mais qui s'y lie intimement, comme on verra bientôt.

Les marchands parisiens du XIIIe siècle, pour débiter leurs denrées et marchandises, n'avoient point les ressources de ceux du siècle actuel, qui jouissent de tous leurs avantages sans se douter combien de siècles leurs prédécesseurs en ont été privés. N'ayant ni journaux ni affiches, ni écriteaux pour faire connoître ce qu'ils avoient à vendre, et les nouveautés qui venoient de leur arriver, ils ne possédoient qu'un seul moyen de publicité, c'étoit de faire crier par la ville les avis qu'ils vouloient communiquer au public. Ce moyen, tout bourgeois l'employoit pour avertir ses concitoyens de ce qu'il avoit intérêt à leur transmettre. Ainsi, on crioit les denrées, les décès, les invitations aux obsèques, les effets perdus et une foule d'autres choses pour lesquelles les petites et grandes affiches suffisent aujourd'hui [1].

Ce besoin de faire crier les avis d'intérêt particulier avoit donné lieu à la corporation des crieurs, et à ce qu'on appeloit les *criages* de Paris. Faute d'un terme latin convenable dont on pût se servir dans les actes publics, on en créa un, en changeant le mot françois *crieries* en celui de *crieriæ,* que certes aucun Romain n'auroit compris. Les taverniers avoient probablement commencé à se servir des crieurs, pour annoncer au public qu'ils alloient entamer une pièce de vin, avant que le fisc municipal songeât à tourner cet usage contre les taverniers mêmes. En effet, quand la coutume de faire crier les vins fut bien établie, l'autorité publique trouva que c'étoit un excellent moyen de constater la perce des tonneaux de vin, afin d'en prélever les droits d'usage. En conséquence, on obligea tous les taverniers à prendre un crieur, et à lui payer un salaire fixe par jour. Depuis lors, les crieurs furent, en quelque sorte, des employés de la prévôté, obligés par le devoir de

[1] « Auront les dis crieurs pour crier corps, confraries, huilles, oingnons, pois, fèves, « choses estranges comme enfans, mules, chevaulx et toutes autres choses qui appartiendront à crier en la dicte ville, tant par nuit que par jour, reserve, buche et foing, « v solz parisis, et pour crier vinaigre et verjus xvj den. par. Et se c'est aucune personne « d'estat trespassé qu'il faille crier deux fois, ilz auront viij solz par. Et querront les « robes et manteaulx, sarges et chapperons qui appartiendront à querir pour les obseques « et funérailles, etc. » *Ordonnance de Charles VI* de l'an 1415.

leur charge, à aller chez les taverniers et à constater la quantité de vin débité par jour; les taverniers trouvèrent cela fort désagréable et très onéreux; ils réclamèrent, ils se plaignirent des vexations du corps des marchands, ils adressèrent leurs griefs au Roi[1]; mais le droit de criage parut si commode et si ingénieusement inventé qu'on le maintint pendant des siècles, en dépit des plaintes des taverniers.

Les criages de vin donnant lieu en effet à une perception importante, devinrent une branche du revenu royal; car le Roi les avoit possédés d'abord, et il les avoit affermés ensuite à Simon de Poissy; ce fut Philippe-Auguste qui céda, en 1220, les criages de Paris aux marchands de l'eau, avec le droit de nommer et révoquer les crieurs, de tenir les étalons des mesures et d'exercer la basse justice et la police à l'égard des contraventions[2]. Il paroît même qu'il y avoit des terres et des rentes affectées à la ferme des criages[3]. Cet objet est un peu obscur dans les actes, et autant que je sache, aucun auteur moderne ne s'est occupé de l'éclaircir, chose difficile, j'en conviens, vu qu'il n'y a que peu d'actes publics qui fassent mention des criages.

Depuis le commencement du XIIIe siècle, la marchandise de l'eau étoit donc en possession des criages; elle achetoit même le droit de crierie à ceux qui avoient dans Paris des terrains privilégiés[4]; mais ce

[1] « Super pecuniæ summis quas dicti mercatores violenter et contra voluntatem suam, « ab ipsis tabernariis extorquebant, super quod petebant silentium civibus imponi. Dictis « mercatoribus e contradicentibus, quod cum proclamatio seu crieria vini in villa Pari« siensi ad eos pertinent, ratione cujus de quolibet dolio vini vendito certum pretium « tibi debetur, etc. » Arrêt du Parlement de l'an 1273. Le corps des marchands ayant fait défaut, les taverniers obtinrent gain de cause « videlicet non solvendi has summas. » Mais une lettre de Philippe-Auguste en forme d'arrêt, de l'année suivante, les condamna à payer. Voyez ces actes, dans le tom. 1 de Félibien, *Histoire de Paris*.

[2] « Mercatoribus nostris hansatis aquæ Paris. concedimus crierias Paris. in perpetuum « tenendas in eo puncto in quo Simon de Pissiaco eas tenebat, et in puncto in quo eas « postmodum tenebamus; et terram quæ fuit dicti Simonis, quæ erat in firma crieriarum « Paris., etc. » Charte de Philippe-Auguste de l'an 1220. *Ibid.*

[3] Voyez les *Consuetudines crieriarum*, p. 444 des *Registres des Métiers*.

[4] Extrait d'un compte des cens dus par la marchandise de Paris :

« Domui Dei Paris., pro ipsius domus clamatoria xx sol, ad festum natalis sancti Johannis.

« Filiabus Nicolai Arrodis, pro clamatoria quam habemus in terra sua, etc. » *Réglemens sur les Arts et Métiers de Paris*, p. 445, note 2.

n'est que sous le règne de Saint-Louis que nous trouvons enregistré le statut des crieurs de vin [1].

On auroit pu appeler ceux-ci les crieurs-détaillans, car, non seulement ils alloient dans les rues criant le vin de la taverne à laquelle ils étoient attachés pour le jour ou la semaine; mais ils en offroient aussi aux passans dans un hanap ou vase de bois, que le tavernier leur fournissoit. Les vieilles éditions des ordonnances de la ville ont une gravure en bois qui représente un de ces crieurs ayant la bouche ouverte pour crier le vin, tenant d'une main un broc de vin, et offrant de l'autre un hanap ou une écuelle pleine de vin à un bon bourgeois qui passe dans la rue [2]; la taverne paroît être située derrière le crieur. Ainsi le vin alloit trouver alors le consommateur, et le bourgeois parisien pouvoit se prendre de vin sans risque d'enfreindre l'ordonnance du saint Roi contre les tavernes.

Les crieurs faisoient donc les affaires des taverniers, même malgré ceux-ci, qui souvent se seroient bien passés du ministère de ces employés forcés. Ils alloient criant le vin toute la matinée, et la veille des grandes fêtes ils crioient jusqu'au soir les vins composés, tels que clairet ou vin épicé et miellé, vin de sauge, vin de romarin et autres dont les Parisiens se régaloient alors, en faisant par piété un extraordinaire [3].

En automne, après les vendanges, le Roi s'étoit réservé la faculté de faire débiter le vin provenant des vignobles de ses domaines. Alors les tavernes cessoient d'en débiter, et les crieurs, précédés du chef de leur corps, alloient presque solennellement par les rues, pour crier le vin du Roi [4]. Cela leur valoit quatre deniers par jour, c'est-à-dire autant qu'ils gagnoient à crier le vin d'une taverne.

Sous le règne de Louis IX, la bourgeoisie vivoit encore trop sim-

[1] *Registres des Métiers*, part. 1, tit. v.

[2] *Ordonnances de la prevosté des marchans et eschevinaige de la ville de Paris.* 1500, gr. in-4°; et *Ordonnances royaux*, 1529, in-4°. Ces deux ouvrages ont les mêmes vignettes en bois.

[3] Ordonnance de Charles VI de l'an 1415.

[4] *Registres des Métiers*, part. 1, tit. v.

plement, pour se régaler de vins étrangers; mais environ cinquante ans après, il arrivoit quelquefois au port de Paris des vins singulièrement estimés des gourmets parisiens. On les nommoit vins de Garache, de Malvoisie, de Lieppe, d'Osaie, vin Bastart, vin de Rosette, vin de Muscadet. C'étoit un événement pour les bons Parisiens que l'arrivée d'une *naulée* de ces boissons rares et fines. Aussi procédoit-on au débit avec de certaines formalités. Après que le prix en avoit été déclaré et inscrit, le prévôt et les échevins se transportoient à bord du bateau pour sceller la bonde, afin d'empêcher qu'on ne fît aucun mélange des vins étrangers avec d'autres. Toutefois ces magistrats avoient soin de prélever pour leurs honoraires, le prévôt deux quartes par tonneau et chacun des échevins, ainsi que le clerc de la prévôté, une quarte [1]. Par exception, on consentoit cette fois à percevoir le droit de coutume en nature.

Venoient alors les crieurs, et précédés, comme pour le ban du Roi, de leur chef portant un hanap doré, ils alloient par la ville annoncer la grande nouvelle de l'arrivée d'une naulée de vins de pays étrangers, pour engager les riches à profiter de l'occasion et se pourvoir de ces liqueurs rares. Une classe particulière de tonneliers, savoir les barilliers, dont le nom est resté à l'une des rues de Paris, faisoit aux *riches hommes*, comme on disoit alors, des tonneaux soigneusement travaillés suivant l'ordonnance, pour enfermer ces vins; et telle étoit l'importance qu'on attachoit à leurs fonctions, qu'on leur permettoit de travailler les jours fériés, lors même que les boulangers et d'autres artisans qui pourvoyoient aux premiers besoins de la vie, étoient forcés de chômer [2].

Je reviens aux crieurs. Ces hérauts de la grande ville sur la Seine s'étoient rendus si nécessaires aux Parisiens qu'encore dans le temps où l'on avoit plus de moyens de publicité, on se servoit de leur ministère. Charles VI en réduisit le nombre à vingt-quatre; il voulut qu'ils célébrassent avec solennité la fête de Saint-Martin-le-Bouillant, patron

[1] Ordonnance de Charles VI de l'an 1415.

[2] Voyez le statut des barilliers dans les *Registres des Métiers*, part. I, tit. XLVII.

de leur confrérie. Les maîtres de la corporation devoient paroître à la procession, ayant la tête couronnée de chapeaux de roses, et l'un d'eux devoit porter le bâton de la confrérie. A la mort d'un crieur, ses camarades, en robes de la confrérie, devoient porter son corps au cimetière, mais en route le convoi devoit s'arrêter à tous les carrefours; on devoit déposer le corps sur des tréteaux, et un crieur muni d'un beau hanap devoit offrir à boire à tous les assistans [1]. On voit que le législateur cherchoit à entourer d'une sorte de prestige cette corporation, qui pourtant tendoit visiblement à dégénérer, car les crieurs faisoient toute sorte de métiers, et on fut obligé de leur défendre d'être fossoyeurs et valets d'étuves [2].

Sous le règne de Louis XIII, elle se composoit de trente individus qui crioient les vins pendant la matinée; mais ce n'étoit plus le tavernier qui leur fournissoit le hanap; ils avoient quatre sous pour crier les vins étrangers dont l'arrivée étoit encore annoncée comme une circonstance extraordinaire [3].

Pour terminer ce qui concerne les métiers qui détaillent les comestibles, il me reste à faire mention des *regratiers* : c'étoient ceux qui débitoient les légumes et le sel auxquels ils joignoient aussi le pain, le poisson, la cire, la bière : Paris avoit deux corporations de ce genre [4]. Ces regratiers tenoient lieu d'épiciers, qui ne se formèrent en corporation qu'au XIVe siècle [5], et ne sont par conséquent pas un des métiers les plus anciennement constitués de la ville. Il y avoit aussi deux corporations de poissonniers : les uns ne vendoient que des poissons d'eau douce, tandis que les autres tenoient la marée [6]. Pendant quelque

[1] « Et avec ce yront deux d'iceulx crieurs entour ycelui corps du crieur trespassé, l'un « tenant ung pot de vin, et l'autre ung beau hannap pour présenter à donner à boire à « tous ceulx qui porteront le corps et à tous autres qui boire vouldront, et mettront « reposer ledit corps à chascun quarrefour sur deux tresteaux, et en icelui reposant, pré- « senteront à boire à ceulx qui là seront présens, aux despens de la dite confrarie. » *Ordonnance de* 1415.

[2] *Ibid.*

[3] *Ordonnances royaulx*, édit. de 1664, in-fol., notes de l'article *crieurs de vin.*

[4] *Registres des Métiers*, part. I, tit. IX et X.

[5] On en nomme un grand nombre dans le Livre de la Taille de 1313.

[6] *Ibid.*, tit. XCIX et C.

temps, il y eut même une corporation particulière pour la vente du hareng; mais on ne tarda pas à réunir les harengers aux poissonniers de mer.

Le hareng pêché en abondance, sans doute sur les côtes de Normandie, de l'Artois et de la Bretagne, étoit une nourriture commune et à bon marché. Environ une dizaine d'espèces de poissons de mer sont mentionnés dans les tarifs d'octroi; apparemment on n'en mangeoit pas d'autres à Paris : les huîtres ne sont pas nommées; en revanche on mangeoit du marsouin, et la peau velue de cet amphibie servoit de bordure aux vêtemens, sous le nom d'*orle de porpois de mer*[1].

La Seine étoit alors plus poissonneuse que depuis qu'une population nombreuse s'est établie sur les bords de cette rivière. Entre Villeneuve-Saint-Georges et Paris elle étoit ce qu'on appeloit *l'eau du Roi*; la Marne depuis Saint-Maur-des-Fossés jusqu'au confluent de cette rivière et de la Seine, étoit également au Roi. Lui seul ou son délégué avoit droit d'y pêcher; mais ce délégué vendoit le droit de pêche à quiconque vouloit le payer[2].

A l'égard de l'approvisionnement en général, on suivoit certaines règles de police qui furent souvent renouvelées dans la suite. On exigeoit que les denrées une fois chargées ou embarquées pour Paris, fussent dirigées sur la capitale sans s'arrêter en route, et qu'elles y arrivassent dans le plus bref délai. On défendoit aux marchands d'aller au devant de ces envois[3], et lorsqu'une fois les cargaisons étoient arrivées aux ports ou dans l'enceinte de Paris, il falloit qu'elles fussent ven-

[1] « J'ai de bon loutre à peliçous,
« J'ai hermines et siglatons,
« Et orle de porpois de mer,
« J'ai *polain* à secors orler. »
Dit d'un Mercier.

Le *polain* ou *pole* désigne un autre poisson de mer.

[2] *Registres des Métiers*, part. I, tit. XCVIII.

[3] Une ordonnance de Guillaume Thibout, prévôt de Paris, de l'an 1299, porte ce qui suit : « Nous deffendons de par le Roy que nulz, sur peine de corps et d'avoir, ne aillent « contre les vivres qui vienent en la ville de Paris. Item, que tuit marchans forains « meinent leurs marchandises tendre aus lieus et aus places acoustumées, en la quèle place « que il mieulx leur plaira. » *Livre Rouge vieil* du Châtelet.

dues en bateau ou qu'elles fussent portées aux marchés, afin que tout se passât publiquement, et qu'on fût sûr de n'avoir dans Paris que des denrées saines et de bonne qualité. Pour l'achat des vivres, les bourgeois avoient la préférence sur les marchands; ceux-ci ne pouvoient acheter certaines denrées qu'à des heures fixes qui laissoient aux bourgeois le temps de choisir auparavant. On craignoit les accaparemens et les monopoles, et préoccupé de cette crainte, on traitoit avec peu de prédilection les marchands détaillans.

Le grand soin de la police étoit de tenir le marché bien approvisionné, et de le rendre accessible à toutes les classes de la société, pour « que le pauvre homme puisse prendre part avec les riches, » est-il dit dans les Registres d'Étienne Boileau [1].

Je puis passer rapidement sur les métiers qui façonnoient les métaux et le bois. Leurs statuts et les notes que j'y ai jointes feront connoître quelques particularités de leurs corporations, dont les procédés mécaniques offroient encore peu de perfection. Il y avoit des orfèvres et des batteurs d'or. Au commencement du XIVe siècle on voit aussi les émailleurs sur or au nombre de quarante se former en corporation, ou plutôt faire enregistrer leurs statuts; car ils existoient probablement comme beaucoup d'autres métiers, depuis long-temps en corporation, quoiqu'ils n'eussent pas de statuts enregistrés au Châtelet [2]. On exigeoit que les orfèvres et tous ceux qui travailloient en or, ne se servissent que d'or fin : mais on vouloit du solide, et on défendoit le clinquant, pour éviter les fraudes des artisans; cependant les ordonnances renouvellent si souvent la défense de frauder, qu'il faut croire que malgré tous les soins employés par l'autorité publique et par les corporations elles-mêmes, on trompoit beaucoup en substituant l'apparence à la réalité, et en vendant le faux pour le vrai.

Il y avoit des joailliers; mais on connoissoit mal les pierres fines, et on croyoit avoir fait assez en défendant de vendre du verre coloré pour des pierreries précieuses. C'est par le commerce avec le Levant que l'on

[1] Statut des regratiers, *Registres des Métiers*, part. I, tit. X.

[2] Ce statut se trouve dans le manuscrit des *Registres des Métiers* provenant de la Sorbonne.

connut les pierres fines, et tel fut le respect qu'on eut d'abord pour cette joaillerie, qu'on attribuoit aux pierres orientales des qualités surnaturelles : divers ouvrages du moyen âge s'étendent beaucoup sur les effets merveilleux des rubis, des saphirs et des sardoines[1].

Plusieurs métiers façonnoient le cuivre, le laiton, le fer, l'acier et le plomb pour les ustensiles de ménage, pour la serrurerie, la boucleric, la harnacherie, l'épinglerie, etc. Il est à regretter que nous n'apprenions rien, par leurs statuts, de l'exploitation des mines et des premiers apprêts des métaux. Au reste, on travailloit grossièrement; on ne savoit donner que des formes sans goût aux ustensiles, à la vaisselle, et aux ouvrages en métal qu'on employoit à l'habillement; mais l'ouvrage étoit solide, c'est du moins la qualité la plus recommandée dans les réglemens dressés pour les artisans.

Les ouvrages en bois ne se distinguoient également que par cette qualité. La dévotion unie au luxe avoit trouvé moyen de varier beaucoup les chapelets, sans lesquels on n'alloit guère à l'église : quatre à cinq corporations subsistèrent au XIIIe siècle, à Paris, de la confection des chapelets en os, en ivoire, en corail, en ambre et en jayet[2]. Il n'en est plus parlé dans les actes des siècles suivans. Ce luxe avoit fait place à d'autres genres de dépenses, et à d'autres moyens de briller.

Nous voyons au XIIIe siècle aussi une corporation d'artistes, les faiseurs de crucifix en os et en ivoire; travaillant toujours à l'exécution d'un seul type, ils ne purent faire de grands progrès dans l'art de la sculpture. La peinture sur verre n'avoit pas non plus reçu encore à cette époque le développement que nous voyons à cet art dans les siècles suivans. L'architecture ou plutôt la construction des édifices avoit, plus que d'autres professions, le mérite de la solidité, uni quelquefois à celui de la beauté.

La chevalerie et les habitudes des nobles donnoient beaucoup d'occupation aux métiers de la sellerie et harnacherie : diverses corporations, telles que les selliers, les chapuiseurs, les cuireurs, les bourreliers,

[1] Voyez mon *Histoire du Commerce entre le Levant et l'Europe depuis les croisades*. Paris, 1830, tom I, p. 146 et suiv.

[2] Tit. XXVII, XXVIII et XXIX de la 1re part. des *Registres des Métiers*.

les lormiers, y trouvoient leur subsistance : c'étoit dans l'équipement que les nobles mettoient leur luxe; on doroit et on peignoit les selles [1]. On est étonné de l'attirail compliqué qu'exigeoit le harnois d'un cheval. Ce n'est pas une étude facile que celle des termes employés alors dans les réglemens des selliers et blasonneurs; car le blason étoit attaché à la selle [2]. Peut-être est-ce de là qu'il a passé dans l'écusson du cavalier.

C'est aussi de l'équipement que vivoient les lormiers ou faiseurs de mors et de freins, qui ont pendant long-temps formé une corporation considérable.

On faisoit une grande consommation de cuir, et plusieurs classes d'artisans s'occupoient de l'apprêt des peaux, et de la confection des objets en cuir. D'abord on tira de l'Espagne les cuirs préparés et teints à la façon du maroquin : ils furent connus dans le commerce sous le nom de *cordouans*, d'après la ville de Cordoue, qui en envoyoit le plus au dehors. Dans la suite on apprit à faire des cordouans en France; ou du moins on les imita, et on les employa tant à l'équipement des chevaliers, qu'à la chaussure, et à d'autres usages. On distingua ceux qui faisoient les chaussures, en basaniers ou savetoniers et en cordouaniers, selon les cuirs qu'ils employoient [3]. D'autres classes d'artisans, les baudroyeurs, les corroyeurs, les gantiers, faisoient du cuir l'objet de leurs occupations.

Paris avoit alors beaucoup de tisserands en laine et en fil et chanvre. La draperie étoit une des principales industries des villes du nord de la France. Paris rivalisoit avec Saint-Denis, Lagny, Beauvais et Cambrai; et la Flandre avec son grand nombre de villes manufacturières excitoit encore davantage l'émulation des villes françoises. Ce n'étoit pas une industrie qui donnât lieu à de grands établissemens; mais elle faisoit vivre modestement un grand nombre de familles; la confrérie des drapiers étoit très ancienne à Paris, et elle a subsisté long-temps. Dans la Cité, où leur industrie avoit pris naissance, la rue de la Vieille-Draperie indique

[1] Aussi le statut des selliers concerne en même temps les peintres. *Registres des Métiers*, part. I, tit. LXXVIII.

[2] *Ibid.*, tit. LXXX.

[3] *Ibid.*, tit. LXXXIV et LXXXV.

encore le berceau de leur métier. C'est probablement dans cette rue qu'étoient situées les 24 anciennes maisons de juifs que les drapiers obtinrent de Philippe-Auguste, moyennant un cens annuel de cent livres [1].

Comme les drapiers avoient la faculté de faire travailler chez eux leurs parens, le métier de drapier se transmettoit dans les familles : on étoit drapier de père en fils, et quelquefois tous les membres d'une famille travailloient sous le même toit. Dans l'origine, les tisserands vendoient les étoffes de laine qu'ils avoient tissées : ils étoient fabricans et marchands à la fois; mais dès la fin du XIIIe siècle les riches faisoient tisser par les pauvres, et vendoient les draps qu'ils avoient fait fabriquer. Ils conservoient encore le nom de tisserands, mais ils étoient les *grands mestres*, tandis que ceux qui travailloient pour le compte de ces marchands, n'étoient plus que les *menus mestres* [2]. Quoique les autres villes manufacturières eussent la faculté de vendre leurs draps aux halles de Paris, les drapiers parisiens soutenoient fort bien la concurrence, du moins pour les draps communs; car quant à la draperie fine, il n'y avoit que les manufactures de la Flandre qui l'eussent portée à un grand degré de perfection; quand on vouloit avoir du camelin fin ou de l'écarlate, on alloit chez les marchands qui apportoient du nord de la France les draps flamands.

A Paris comme à Saint-Denis la draperie faisoit prospérer la teinturerie. Ces deux métiers indispensables l'un à l'autre, et pourtant jaloux de leur succès réciproque, eurent de fréquens démêlés, que l'autorité publique essaya quelquefois en vain de faire cesser. Les drapiers vouloient teindre pour avoir tout le bénéfice de leurs opérations, et les teinturiers voyant que les drapiers faisoient de bonnes affaires, cherchoient toujours à faire des travaux pour leur compte, et même à tisser les laines qu'ils teignoient. Ce ne fut pas sans peine que l'on contint chaque métier dans ses limites [3].

Dans la suite les drapiers furent le premier des six corps de marchands, et quoique les chaussetiers ou fabricans de chausses en drap

[1] Sauval, *Antiquités de Paris*, tom. II.

[2] Voyez les ordonnances des prévôts de Paris, n° 21, p. 392 des *Registres des Métiers*.

[3] *Ibid.*, n° 23, p. 401.

et autres étoffes de laine voulussent faire une corporation particulière, et eussent choisi pour leur confrérie un autre patron que les drapiers, ils furent pourtant absorbés dans cette puissante corporation, à laquelle ils parvinrent seulement à donner le nom de drapiers-chaussetiers[1].

Les foulons aussi formoient, à cause de l'état florissant de la draperie, une corporation nombreuse et puissante. Plus de 300 foulons allèrent au devant du convoi qui rapportoit à Paris le corps de Louis IX, mort en Afrique. Ils devancèrent les autres bourgeois pour se plaindre à Philippe-le-Hardi, de ce qu'on les empêchoit de se servir d'une place près de la porte Baudoyer, dont ils avoient depuis long-temps la jouissance[2]. Mais, dans ce nombre de 300, étoient probablement compris les ouvriers-compagnons, car il est difficile de croire qu'il y ait eu 300 foulons à Paris, tandis qu'on ne comptoit qu'environ 60 maîtres drapiers et 20 teinturiers; du moins le nombre des maîtres nommés dans l'accord fait entre les deux métiers ne s'élève pas plus haut[3]. Dans la place qu'on vouloit leur contester, et qui, jusqu'à ce jour, porte le nom de Baudoyer, se tenoient, le matin, les ouvriers foulons qui n'avoient pas d'ouvrage. Il nous reste sur les foulons plusieurs statuts, un entre autres qui est plus ancien que tous les réglemens des autres métiers[4]. Ils en avoient reçu un autre de la reine Blanche; mais ce statut n'est pas parvenu jusqu'à nous.

Au reste, si l'on veut comparer les trois états de la draperie, de la teinturerie et de la foulonnerie à cette époque, sous le rapport du gain et de l'aisance, il suffit de parcourir les rôles de la taille à laquelle on taxoit les marchands de Paris. Dans celui de 1313, les foulons sont portés à de foibles sommes; les teinturiers ne paient pas non plus une taille très forte, mais on exige des sommes considérables de la plupart des drapiers[5]; quelques uns furent même les bourgeois le plus haut

[1] Sauval, *Antiquités de Paris*, tom. II.

[2] *Miracles de Saint-Louis*, n° 56, à la suite de la *Vie de Saint-Louis* par le sire de Joinville. Paris, 1761, in-fol.

[3] Voyez cet accord, de l'an 1291, p. 403 des *Réglemens sur les Arts et Métiers de Paris*.

[4] Il est de l'an 1256 ou 1257; voyez p. 394, *ibid.*

[5] *Livre de la Taille de Paris*, de l'an 1313; tom. IX de la *Collection des Chroniques nationales* publiées par M. Buchon. Paris, 1827.

taxés de tout Paris; c'est ainsi que Wasselin de Gant, drapier en gros, dut payer 150 livres, Jacques Marciau, 135, et Pierre Marcel, drapier devant Saint-Éloy, 127 livres[1]. Ces trois marchands payèrent plus que quelques paroisses de Paris; et les changeurs même, qui étoient les banquiers du temps, et les lombards, qui tenoient le comptoir et la banque, ne purent se comparer pour le gain aux forts marchands de draps de la Cité, du grand Pont et de la paroisse Saint-Méry. Peut-être faisoient-ils le commerce des draps de la Flandre et du Brabant avec celui des draps de leur façon.

Les tisserands de couvertures de laine avoient le singulier nom de fabricans de *tapis nostrés*[2], se distinguant par là des fabricans de tapis sarrazinois qui faisoient réellement des tapis, et dont la corporation s'adjoignit plus tard les fabricans de tapis de haute lice que l'on n'avoit pas connus d'abord[3]. Ce fut probablement la Flandre qui enseigna aux Parisiens ce genre d'industrie.

La tisseranderie en lin et en chanvre occupoit un assez grand nombre de bras à Paris; tous les samedis, les liniers étaloient aux halles la matière première non loin des marchands de toile; des Normands arrivoient pour ce jour à cheval, et ayant leur marchandise en croupe[4]; c'est d'une manière aussi simple que se faisoit l'approvisionnement. Les marchands de toiles avoient le nom de chavenaciers, ou canevassiers, parce que la toile de chanvre étoit celle dont se revêtoit la plus grande partie de la population; on faisoit encore peu usage du coton. La soie n'étoit qu'à la portée des riches, on la filoit et tissoit à Paris; c'étoient les merciers qui la faisoient venir de l'étranger, et apprêter par les *fileresses* de la ville[5]. On n'avoit pas l'idée alors de réunir plusieurs opérations mécaniques dans de grands ate-

[1] Le Livre de la Taille cite encore « dame Ysabiau de Tremblay, drapière », taxée à 75 liv., et Jeh. Pizdoe son gendre, taxé à 9 liv. Les Pizdoe étoient une famille notable qui a fourni des échevins. Parmi les teinturiers, le plus fort imposé est « Jehan Bouchet, mestre tain« turier, » 30 liv.

[2] *Registres des Métiers*, part. I, tit. LII.

[3] Voyez p. 410, note 1, des *Registres des Métiers*.

[4] Statut des *chavenaciers*, part. I des *Registres des Métiers*, tit. LIX.

[5] Statut *des fileresses*; *ibid.*, tit. XXXV.

liers, sous le même toit. Les merciers, obligés de confier une marchandise aussi précieuse que la soie à des ouvrières au dehors, avoient souvent de la peine à la ravoir. La classe ouvrière, celle surtout qui s'occupoit de la filature, n'étoit pas aussi probe qu'on devoit l'attendre de la simplicité des mœurs du temps, et des sentimens pieux qui régnoient. Souvent les fileuses vendoient la soie, ou l'échangeoient contre la bourre, ou la mettoient en gage chez les lombards et chez les juifs. On voit, par le renouvellement des ordonnances contre les fraudes, combien on eut de peine pour discipliner la classe démoralisée des fileuses. Il fallut que le prévôt de Paris fît comparoître devant lui toutes les fileuses de soie, et menaçât du bannissement et même de l'exposition au pilori celles qui oseroient encore tromper les merciers [1].

A la fin du XIIIe siècle, la classe des brodeuses étoit déjà considérable, ainsi que celle des ouvrières qui faisoient des bourses ornées de broderie et de bordures élégantes, que les femmes portoient à la ceinture et qui étoient connues sous le nom d'aumônières sarrazinoises [2], nom qui rappeloit sans cesse aux dames la destination bienfaisante de ces bourses, quoiqu'elles servissent également à serrer d'autres objets que la monnoie pour les aumônes. Les hommes, lorsqu'ils étoient revêtus de leur costume antique, la robe, portoient aussi une bourse à la ceinture; mais elle étoit de cuir et sans ornement. Cet usage faisoit vivre la corporation des boursiers [3]. Voilà comme les coutumes et les changemens qui sont survenus ont, tour à tour, produit et anéanti des branches d'industrie.

Une corporation très nombreuse à Paris étoit celle des fripiers ou, comme on parloit alors, des *ferpiers* : apparemment elle étoit aussi un besoin du temps. Obligés d'étendre leur commerce plus que les fripiers d'aujourd'hui, ou se conformant simplement à de vieux usages,

[1] « Et s'il avenoit que il venissent en la vile de Paris, puis que èles auroient esté banies, « avant que grés eust esté fais à celui qui la dite soie lor auroit ballié, nous les metrions « en pilori pour ij jours. » Ordonnance du prévôt Ren. Barbou de l'an 1283; p. 377 des *Réglemens sur les Arts et Métiers de Paris*.

[2] Voyez les ordonnances relatives aux brodeurs et aux faiseurs d'aumônières, p. 377 et 382, *ibid.*

[3] Statuts des boursiers, part. 1 des *Registres des Métiers*, tit. LXXVII.

elle vendoit à la fois des tissus de laine, du linge, du cuir [1], et mêloit même le neuf au vieux; les fripiers habitoient surtout les environs des halles et la paroisse Sainte-Opportune. Une classe particulière de fripiers étoit celle des marchands de chiffons et de vieux souliers [2], ainsi que celle des fripiers ambulans qui crioient dans les rues *la cote et la chape*, ou bien *cote et surcote* [3]. Il faut que la friperie ait été d'un grand débit pour avoir pu occuper et faire vivre cette foule de marchands qui sont portés comme tels dans les rôles des tailles.

On ne comptoit pas moins de pelletiers : le petit Pont et ses avenues en étoient peuplés. Il n'y avoit que les riches qui pussent border leurs robes d'ermine; mais tous les bourgeois ayant un peu d'aisance portoient des vêtemens bordés de *vair* et de *gris*, c'est-à-dire de fourrure d'écureuils et d'animaux sauvages de nos contrées, ou d'amphibies de nos mers. La plupart de ces pelletiers se contentoient d'un petit commerce; il y avoit peu de riches marchands parmi eux [4].

On ne s'attend peut-être pas à trouver dans l'industrie parisienne d'alors quatre corporations de chapeliers. Les robes étoient taillées sur le même modèle, tous les bourgeois étoient habillés uniformément; mais le goût de la variété se montroit dans la coiffure. Les chapeaux et chaperons en drap ou en feutre recevoient diverses formes, et les dames d'alors ne mettoient guère moins de soin que celles de ce siècle à se parer avec élégance et coquetterie. Leurs *couvrechefs* de soie étoient faits par une classe spéciale d'ouvrières [5], et au défaut de marchandes de nouveautés et de modes, c'étoient les merciers qui tenoient les articles de parure, ainsi que les parfums, les arômes et

[1] Statut des fripiers, part. I des *Registres et Métiers*, tit. LXXVI.

[2] Ordonnance royale de 1278, p. 410 des *Registres des Métiers*.

[3] Statut des fripiers, déjà cité. Dans le *Livre de la Taille de* 1313, on nomme un « Bertaut qui crie *cote et surcote*, » et qui est taxé à 18 deniers; et « Robert le moustardier « et *cote-chape*. »

[4] Le *Livre de la Taille de* 1313 en nomme des centaines; mais tous sont taxés à de petites sommes. Le plus haut taxé est Jehan le Breton, 24 liv.

[5] Statut des faiseuses de couvrechefs de soie; part. I des *Registres des Métiers*, tit. XLV. Le *Livre de la Taille de* 1313 nomme, dans la rue des Rosiers, « Julienne qui fait les couvre- « chiés de soye. »

une foule d'instrumens, d'outils, d'objets de luxe et de nécessité. Leurs boutiques devoient avoir un grand attrait pour les riches bourgeois de Paris, car tout ce qui pouvoit flatter leur goût, tout ce qui convenoit aux habitudes du luxe d'alors, se trouvoit réuni chez les merciers. L'énumération des marchandises de la mercerie, qu'un poète du moyen âge a rimée, forme un catalogue dont il seroit difficile de retenir dans la mémoire tous les détails [1] :

« J'ai les mignotes ceinturètes,
« J'ai beax ganz à damoiselètes,
« J'ai ganz forrez, doubles et sangles,
« J'ai de bonnes boucles à cengles ;
« J'ai chainètes de fer bèles,
« J'ai bonnes cordes à vièles ;
« J'ai les guinples ensafranées,
« J'ai aiguilles encharnelées,
« J'ai escrins à metre joiax,
« J'ai borses de cuir à noiax, etc. »

C'est avec cette faconde que le mercier détaille sur sept pages les marchandises qu'il se vante d'avoir. Chez le mercier, le riche se pourvoyoit de siglaton et de sendal, deux soieries du Levant et de l'Italie, d'ermine et de vair; chez le mercier, les femmes élégantes trouvoient le molequin, fin tissu de lin; les fraises à col, attachées avec des boutons d'or; les tressons ou tressoirs, qu'elles entrelaçoient dans les cheveux; l'orfrois ou la broderie en or et en perles, qui, appliquée à la coiffure, rehaussoit l'éclat de la parure entière, ou servoit à border la robe de soie ou de velours [2]. La rue Quincampoix, ou, comme on

[1] *Dit d'un Mercier*, à la suite des *Proverbes et Dictons populaires*, publiés par M. Crapelet. Paris, 1831.

[2]
« Iluec poeent-il bien trover
« Toutes choses à achater
« Qui à la mercerie apent.
« L'or empaillote et l'argent,
« Corroies de soie, aumosnières,
« Et joiaus de maintes manières,
« Cuevrechiez, crespes, melequins,
« Pailes ouvrez, riches et fins,
« Guimples, fresiaus, coutiaus d'yvoire,

disoit alors, *Qui qu'en poist*[1], d'autant plus brillante que les boutiques d'orfèvrerie s'y mêloient à celles des merciers, devoit être le rendez-vous du beau monde et surtout des dames châtelaines; c'étoit, à ce qu'il paroît, chez les Épernon qu'on trouvoit le plus riche assortiment[2].

Mais ce n'étoient pas seulement les environs de la rue Saint-Martin que les merciers avoient choisis pour leur séjour. Ils avoient obtenu la faculté d'étaler aussi au Palais, dans la galerie qui s'appeloit encore naguère la galeric aux Merciers, et dans la *grange* de la mercerie, faubourg Saint-Antoine[3], sur la route du château de Vincennes, pour être toujours près de la cour, dont ils ne pouvoient pas plus se passer que les gens de la cour ne pouvoient se passer des merciers.

Cette corporation resta long-temps riche et puissante. Aux XVIe et XVIIe siècles, ayant le troisième rang dans le corps des marchands, elle en étoit réellement le premier, « si bien, dit Sauval, qu'on ne doit pas s'étonner que ce corps soit si nombreux, et plus riche tout seul que les autres cinq corps des marchands[4]. » S'il est vrai que Henri II, en passant en revue les bourgeois parisiens à Paris, en 1557, ait vu rangés sous les armes 3,000 merciers, il faut que cet état ait fait vivre bien du monde. Il est vrai que la profession de mercier comprenoit anciennement, comme on a pu voir, bien des branches d'industrie et de

« Et maint riche joiel tresfoire.
. . . .
« Tout raconter ne vous porroie :
« Les joiaus d'argent et de soie
« Et de fin or i trueve l'on. »
Le Dit des Marchands. Ibid.

« Et sevent bien demander
« Et Troussevache et Qui-qu'en-poist. »
Ibid.

[2] Le *Livre de la Taille de* 1313 nomme, dans la rue *Qui qu'en poist,* Jehan d'Espernon, mercier, dont la taille est de 90 liv.; Jehan son fils; puis un Philippe d'Espernon; dans d'autres quartiers demeuroient Symon d'Espernon, épicier, et Jehan d'Espernon, batteur d'or.

[3] Sauval, *Antiquités de Paris*, tom. II, art. des six corps de marchands.

[4] *Ibid.*

commerce qui aujourd'hui occupent chacune une classe spéciale d'artisans ou de marchands.

C'étoit donc chez les merciers que les femmes des comtes, barons et chevaliers trouvoient les riches parures qui servoient à les coiffer. L'imagination des poètes du moyen âge ne trouve rien au-delà des tressoirs et de l'orfrois pour coiffer les plus belles femmes qui figurent dans les romans de chevalerie :

« En bende fu lor trecheure
« A envoisie freteure;
« De trechéors fais soutilement
« De fil d'or et de fil d'argent [1]. »

Ils réservent les rubis et les saphirs pour les robes de siglaton et de cendal qui paroient ces beautés. A Paris, on faisoit surmonter quelquefois les coiffures de ces dames de plumes de paon, apparemment plus rares dans ce temps qu'aujourd'hui, ce qui avoit donné lieu à un métier particulier, celui des *paoniers* ou *chapeliers de paon* [2]; leur corporation ne doit pourtant pas avoir été nombreuse, ni avoir duré long-temps. Une seule plumassière paroît s'être distinguée dans son art; on la nommoit *Geneviève la paonière* [3], elle consacra à une chapelle de sa patronne l'argent qu'elle avoit gagné à satisfaire la vanité ou la coquetterie des personnes riches de son sexe [4].

Une coiffure plus brillante, quoique plus simple, est celle qui consistoit en chapelets de fleurs naturelles, surtout de roses, et que préparoient les *herbiers* ou chapeliers de fleurs, dont il y avoit également une corporation à Paris [5]. C'étoit dans les courtils, hors des murs de

[1] *Partonopeus de Blois*, publié d'après le Ms. de la Bibliothèque de l'Arsenal, par G.-A. Crapelet. Paris, 1834, tom. II, v. 10655-58.

[2] Statut des chapeliers de paon, part. I des *Registres des Métiers*, tit. XCIII.

[3] Dans le *Livre de la Taille de* 1313, elle est taxée à 12 livres, tandis que Robert le paonier ne paie que 75 sous, et Guill^e le Breton, paonier, que 18 den. Dans le même livre, Haoys de Dammartin, mercier, son gendre, et Renaut le paonier, sont taxés ensemble à 18 liv. Ce dernier paonier travailloit sans doute uniquement pour le mercier chez lequel il demeuroit.

[4] Voyez la note 2, p. 253 des *Registres des Métiers*.

[5] Statut des chapeliers de fleurs, part. I des *Registres des Métiers*, tit. XC.

la ville, qu'ils cultivoient les fleurs et les herbes qui servoient à cette parure des deux sexes dans la belle saison, ainsi qu'à la joncheure dans l'intérieur des maisons.

Une foule d'allusions à l'usage galant de porter des chapelets de fleurs s'offrent dans les romans et autres poésies du moyen âge.

« .... En l'arbroie
« M'assis, chapel fis sans cercel
« De la flor qui blanchoie [1]. »

Car non seulement les herbiers faisoient des chapelets, mais les galans et les pastourelles en tressoient aussi, et se faisoient honneur de leur talent dans cet art :

« Si sai porter consels d'amors
« Et faire chapelez de flors [2]. »

L'auteur du *lai du Trot* nous représente quatre-vingts jouvencelles

« Ki cortoises furent et bèles.
« S'estoient molt bien acesmées ;
« Totes estoient desfublées,
« Ensi sans moelekins estoient ;
« Mais capeaus de roses avoient
« En lor chiés mis, et d'aiglentier,
« Por le plus doucement flairier [3]. »

L'idée de se parer de fleurs a dû naître dans les plus anciens temps, où les hommes se tenoient encore près de la nature ; aussi en parle-t-on dans de très vieux poèmes, tels que celui de *Nibelungen* [4]. La jeunesse, à qui cette coiffure convenoit si bien [5], raffina même la com-

[1] Chanson badine, insérée par Roquefort dans son ouvrage *de l'État de la Poésie françoise dans les* XIIe *et* XIIIe *siècles*. Paris, 1815, p. 367.

[2] *Les deux Bordeors Ribaus* ; ibid., p. 305.

[3] *Lai d'Ignaurès, par Renaut*, suivi des lais de Mélion et du Trot ; publiés par MM. Monmerqué et Franc. Michel. Paris, 1832, p. 74.

[4] Büsching, *de l'usage du moyen âge de porter des couronnes* ; dans le *Kunstblatt*, 1823, mai, n° 37.

[5] Jean de Coucy, poète du XIIIe siècle, dans son poëme le *Chemin de la Vaillance*, fait dire au personnage de la Jeunesse :

« Je fais les instrumens sonner,
« Chappeaulx de plusieurs fleurs donner. »

De la Rue, *Essais historiques sur les Bardes, les Jongleurs et les Trouvères*. Caen, 1834, tom. III, p. 299.

position des fleurs, et mit dans les chapelets des emblèmes mystérieux qui exprimoient ses espérances, ses craintes ou ses chagrins d'amour [1]. L'usage des chapelets dut se perdre quand l'opulence dédaigna une parure que tout le monde pouvoit se procurer. On continua longtemps de porter des couronnes, mais c'étoient des couronnes ornées de rubans, de bandes d'étoffes d'or et d'argent. Dès le XIVe siècle, il n'est plus parlé de la corporation des chapeliers de fleurs; tresser des couronnes de fleurs naturelles ne fut probablement plus qu'une occupation très secondaire des herbiers : le luxe de la nature fut dédaigné pour celui de l'art.

A l'égard d'autres professions qui demandent plus de science ou d'adresse, nous ne les trouvons pas encore à Paris au XIIIe siècle, ou du moins ceux qui les exerçoient n'étoient pas encore en assez grand nombre pour se réunir en corporation. Les peintres habitoient, pour la plupart, auprès des selliers et des lormiers, dans la rue Saint-Jacques. Nous avons déjà vu que la peinture étoit presque une dépendance de la sellerie. Il y avoit quelques enlumineurs, mais il est probable que les meilleures enluminures se faisoient dans les couvens. La vente des livres écrits étoit si peu importante que ceux qui s'en occupoient, sous le nom de libraires, avoient tous d'autres états, en sorte que la librairie n'étoit pour eux qu'un accessoire [2].

Quelques *mires* pratiquoient l'art de guérir : à en juger par l'impôt qu'ils payoient, il ne paroît pas que leur science, si toutefois ils en avoient, ait été bien récompensée [3]. La chirurgie, réduite à peu d'opérations, étoit pratiquée ordinairement par les barbiers, comme elle l'est encore dans les campagnes et petites villes de quelques contrées d'Europe. A la fin du XIIIe siècle on sentit pourtant qu'il étoit important de s'assurer si tout barbier étoit capable d'opérer, et, en formant ces bar-

[1] Roquefort, *de l'État de la Poésie, etc.*, p. 186. Voyez aussi la jolie pièce de vers *dou Capiel à vij flours*, dans le recueil publié par A. Jubinal : *Jongleurs et Trouvères*, ou *Choix de Saluts, Épîtres, etc.* Paris, 1835, in-8°.

[2] Le *Livre de la Taille de* 1313 nomme « Thomas de Sens, libraire et tavernier, » taxé à 18 den.; « mestre Thomas de Mante, libraire, et sa femme ferpière, 30 s. Nicolas l'anglois, librière et tavernier, 12 s. »

[3] « Mestre Geffroy le mire, » taxé à 12 s. « Ameline la miresse, » 8 s. *Ibid.*

biers en corporation, on chargea les plus habiles d'entre les chirurgiens d'examiner les autres[1]. Au commencement du XIVe siècle il ne paroît y avoir eu encore à Paris qu'un seul dentiste[2], comme il y avoit un devin et un homme qui, pour de l'argent, alloit à Jérusalem chercher le pardon ou la rémission des péchés d'autrui[3].

Les jongleurs étoient déjà en assez grand nombre pour se former en corporation[4] : ils étoient les ménétriers, les musiciens et les chanteurs du temps; c'est par eux que les poésies romanesques et burlesques se répandoient dans toutes les classes de la société; sans eux un poète seroit difficilement devenu populaire.

Nous arrivons maintenant à la question de l'origine des corporations d'arts et métiers à Paris. Celles de l'empire romain ont dû subsister au moyen âge. Sous le régime féodal, le seigneur de la terre étoit considéré, en quelque sorte, comme le maître des métiers. Pour avoir le droit d'en exercer un sur la terre qui relevoit de lui, on lui payoit une somme d'argent, ou l'on s'engageoit à lui payer une redevance annuelle. On *achetoit*, comme on disoit, un métier, et le seigneur le *vendoit* à celui qui vouloit l'exercer. Voilà comme le Roi faisoit aussi à Paris, du moins dans les quartiers où il n'y avoit point de justice seigneuriale; pour un certain nombre de métiers, cette vente étoit un de ses revenus, et, selon l'usage d'alors, il l'aliénoit à volonté en le cédant à des gens de cour ou à des personnes qu'il vouloit favoriser; il leur faisoit don ou cession du métier, c'est-à-dire il les préposoit aux artisans qui pratiquoient cet état : il les leur abandonnoit comme une source d'un revenu perpétuel. C'est ainsi qu'en 1160 Louis VII donna cinq métiers, savoir ceux des mégissiers, boursiers, baudroiers, savatiers et sueurs à la femme d'Yves Lacohe et à ses héritiers[5], et

[1] Voyez le statut des chirurgiens, p. 419 des *Registres des Métiers*.

[2] « Martin le Lombart qui trait les denz. » *Livre de la Taille de* 1313.

[3] « Guill[e] le devin. » — « Mestre Jehan d'Acre, quereur de pardons. » *Ibid.*

[4] Le statut des *menestreus et jugleurs* est de 1321 ; mais on y déclare que ce statut tend à des réformes de la corporation, ce qui prouve qu'elle existoit antérieurement.

[5] « Dedimus et concessimus ex nunc in posterum Theci uxori Yvoni Lacohe et ejus « heredibus magisterium çavatorum, baudreorum, sutorum, mesgeycorum et bursiorum « in villa nostra Par., cum toto jure predicti magisterii, etc. » Charte de Louis VII, de l'an 1160, vidimée par Philippe-le-Hardi en 1276.

encore plus d'un siècle après, nous trouvons les cinq métiers assurés en propriété à une femme Marion, dite la Marcelle, en vertu d'une lettre du Roi et d'un arrêt de son parlement en 1287 [1].

Pour la surveillance à exercer sur les métiers, on trouva naturel d'en soumettre plusieurs aux hommes qui les exerçoient à la cour, et qui étoient censés les plus habiles ou les plus considérés dans leur profession: ainsi les boulangers au pannetier du Roi, les forgerons et charrons au maréchal de la cour, les marchands de vin à l'échanson du prince, les drapiers et tailleurs à son chambrier, etc. Dès lors il s'introduisit une discipline pour chacune des professions; dans les cas de contestation on consulta les plus anciens: ils disoient comme on avoit agi autrefois, comment ils avoient toujours vu procéder; les us et coutumes commençoient à faire loi pour ceux qui entroient dans la profession; et insensiblement se formoient les corporations. Les vieux étoient les conservateurs des règles traditionnelles. Quand les charges à la cour furent devenues en partie héréditaires et féodales, les titulaires cessèrent de les pratiquer matériellement; le grand pannetier ne cuisoit plus de pain, le grand maréchal ne ferra plus de chevaux; mais ils conservèrent la surveillance du métier respectif, et le droit d'en autoriser et d'en vendre l'exercice [2]. Comme bourgeois, les artisans étoient soumis à la juridiction du prévôt de Paris, qui, siégeant au Châtelet, y rendoit la justice au nom du Roi, et étoit chargé de la police de Paris et de la banlieue et baillie. C'est devant lui que les métiers portoient leurs contestations; ils s'adressoient au Roi pour faire reconnoître et sanctionner les droits qu'ils exerçoient ou les usages qui leur étoient avantageux. Ces confirmations royales étoient rares d'abord : tant que les mœurs étoient simples et les affaires peu compliquées dans l'état, on pouvoit se contenter de la tradition. Il n'y a guère de chartes royales, en faveur des métiers de Paris, au XIIe siècle; elles devinrent plus fréquentes au XIIIe; mais c'est dans le XIVe que tous les métiers en

[1] L'arrêt de 1287 étoit dans le Ms. des Registres d'Ét. Boileau que possédoit la Chambre des Comptes.

[2] Lamare, dans le premier volume de son *Traité de la Police*, est entré dans beaucoup de détails sur cette matière.

demandèrent. Philippe-Auguste, à qui Paris fut redevable de son agrandissement et de beaucoup d'embellissemens, paroît avoir approuvé les statuts de plusieurs corporations d'arts et métiers; mais les artisans qui les avoient reçus les ont laissé perdre. Ils les invoquèrent dans la suite, sans pouvoir les produire[1].

Après le règne de Philippe-Auguste la police de Paris fut mal faite : la prévôté étant affermée, devint une charge vénale, et fut exercée par des hommes incapables, quelquefois par deux prévôts à la fois. Les bourgeois ne trouvoient plus ni justice, ni sûreté dans la ville où résidoit le Roi. Après son retour de la première croisade qui, malheureusement retarda de beaucoup les réformes utiles, Louis IX sentit la nécessité de reconstituer la prévôté, de manière à donner à cette première magistrature de la capitale la force et la considération nécessaires[2]. En conséquence il abolit la ferme, sépara la prévôté de la recette du domaine, dont il restreignit la juridiction à la police et à la justice en première instance. Il choisit, en 1258, pour être prévôt un homme recommandable, Étienne Boileau, bourgeois notable de Paris, et un véritable *prudhomme*, suivant le langage du temps[3].

Nous ne savons que peu de détails de la vie de ce magistrat, qui justifia pleinement la confiance qu'il avoit inspirée à son souverain. Louis IX venant quelquefois s'asseoir à ses côtés quand ce prévôt rendoit la justice au Châtelet, prouva combien il honoroit les fonctions dont il l'avoit revêtu. On lit dans un ouvrage, composé deux siècles après le

[1] Dans les Registres d'Ét. Boileau, on verra plusieurs corporations rappeler les avantages dont elles jouissoient en vertu de concessions de Philippe-Auguste.

[2] *Vie de Saint-Louis*, par le sire de Joinville.

[3] *Ibid.* L'abbé Velly, *Histoire de France*, édit. in-12, tom. IV, p. 583, dit qu'Étienne Boylesve (c'est ainsi, dit-il, qu'il est nommé, et non Boileau, dans son contrat de mariage) étoit un gentilhomme originaire d'Anjou, et que « MM. de Boylesve ont prouvé « par une suite non interrompue de contrats de mariage et de partages, leur filiation et descendance de cet homme illustre. » A cela je répondrai qu'en tête de ses réglemens il se nomme Boiliaue; que Ducange (notes sur Joinville) rapporte des comptes de 1262, 1266 et 1268, où il est appelé *Stephanus Boileue*, *Steph. Bibens aquam*, *Steph. Boitleaue, præpositus Paris.*; enfin, que dans les registres du Parlement il est généralement appelé aussi Boileaue ou Boiliaue. Quant à sa qualité de gentilhomme angevin, ce n'est ni le sire de Joinville ni aucun autre historien contemporain qui en fait mention.

règne de ce prince, que Boileau maintint une police si sévère, qu'il fit pendre même son filleul coupable de vol, et un de ses compères convaincu d'avoir nié un dépôt d'argent qui lui avoit été confié [1].

Ce qui est mieux avéré, c'est l'influence qu'Étienne Boileau exerça sur les corporations : c'est du temps de sa prévôté que datent les réglemens d'arts et métiers de la ville de Paris. Il faut détruire d'abord une erreur généralement répandue et journellement reproduite. On représente ce prévôt comme le législateur de l'industrie parisienne, et comme l'auteur de réglemens parfaits, et même comme le fondateur et l'organisateur des communautés d'artisans [2]. Ce n'est pas là le mérite qui recommande son nom à la postérité. Nous avons vu que les communautés existoient avant le règne de Louis IX, et qu'elles avoient des réglemens, des us et coutumes auxquels leurs membres se conformoient; d'ailleurs la législation du moyen âge consistoit moins à prescrire des règles nouvelles qu'à donner une sanction légale aux usages pratiqués depuis long-temps et éprouvés par l'expérience.

Voilà ce que fit aussi Boileau à l'égard des communautés d'arts et métiers de Paris : il établit au Châtelet des registres pour y inscrire les règles pratiquées habituellement pour les maîtrises des artisans, puis les tarifs des droits prélevés au nom du Roi, sur l'entrée des denrées et marchandises, puis les titres sur lesquels les abbés et autres seigneurs fondoient des priviléges dont ils jouissoient dans l'intérieur de Paris [3]. Les corporations d'artisans représentées par leurs maîtres jurés ou prudhommes comparurent l'une après l'autre devant lui au Châtelet, pour déclarer les us et coutumes pratiqués depuis un temps immémorial dans leur communauté, et pour les faire enregistrer dans le livre

[1] « Premièrement il fist pendre ung sien filleul pour ce que sa mère luy dist qu'il ne se « pouoit tenir d'embler. Item, ung sien compère qui avoit renyé une somme d'argent que « son hoste luy avoit baillé à garder. » *Mer des Histoires*, édit. de 1501, in-fol., 6e âge, feuillet cc, verso.

[2] « Il rangea tous les marchands et tous les artisans en différens corps ou communautés « sous le titre de confrairies, selon le commerce ou les ouvrages qui les distinguoient entre « eux. Ce fut lui qui donna à ces marchands les premiers statuts pour leur discipline, etc. » Lamare, *Traité de la Police*, tom. 1, liv. 1, tit. IX.

[3] Voyez la préface des *Registres des Métiers*.

qui désormais devoit servir de régulateur, de cartulaire de l'industrie ouvrière. Un clerc tenoit la plume et enregistroit sous les yeux du prévôt les dépositions des traditions et pratiques du métier. Aussi, dans la plupart de ces réglemens, on déclare au début qu'on va exposer les us et coutumes, et plusieurs se terminent par une adresse au prévôt pour lui signaler des abus à redresser ou des vœux à exaucer. Tous ces réglemens sont brefs et dégagés du verbiage qui enveloppe et embrouille les réglemens des temps postérieurs. A Étienne Boileau est peut-être due la forme de ces réglemens; en magistrat habile, il a pu veiller à ce qu'ils fussent rédigés d'une manière claire et précise, et à peu près uniforme. Ce type est si prononcé qu'il n'est pas difficile de distinguer un réglement des Registres d'Étienne Boileau de ceux qui ont été faits sous la prévôté de ses successeurs.

Boileau a donc le mérite incontestable d'avoir rassemblé les us et coutumes des métiers tels qu'on les suivoit à Paris, et tels qu'ils lui étoient déclarés par les notables de chaque communauté. Il a donné un corps, une existence matérielle, à des règles qui n'avoient jamais été recueillies, et dont plusieurs n'avoient peut-être pas même été écrites. Si dans la suite on a conservé, malgré les progrès de la législation, le fond de plusieurs de ces réglemens, c'est qu'ils étoient le fruit d'une longue expérience et éprouvés par le temps : ils avoient reçu la sanction qui manque à des réglemens inventés dans le cabinet d'un législateur qui a dédaigné de consulter la pratique.

Cependant il y avoit dans ces réglemens un vice, suite nécessaire de leur origine, et qu'on ne reconnut que plus tard, quand la législation eut agrandi ses vues.

Ces réglemens, dit Charles régent, dans une ordonnance de l'an 1358, « en gregnieur partie sont fais plus en faveur et prouffit des « personnes de chascun mestier que pour le bien conmun[1]. » En effet, chaque communauté n'avoit eu en vue que l'avantage personnel des maîtres du métier; de là les longs apprentissages, qui pour quelques métiers étoient de huit à dix ans, les rétributions

[1] Ordonnance de Charles de l'an 1358, au sujet des tailleurs.

pécuniaires imposées aux apprentis, les efforts d'exclure des marchés de Paris les marchands et artisans non immatriculés, les priviléges réclamés pour les métiers de luxe, la gêne imposée à la concurrence et à l'émulation, enfin l'uniformité machinale dans la fabrication.

Déjà un demi-siècle avant Charles le dauphin, Philippe-le-Bel s'étoit aperçu de ce vice des réglemens enregistrés par Étienne Boileau, et les ordonnances vraiment libérales émanées de ce prince font honneur à l'élévation de son esprit législateur. C'est lui qui, contrairement au monopole des boulangers, permit à tous les bourgeois de faire du pain; c'est lui qui supprima les longs services et les rétributions auxquels les maîtres assujettissoient les apprentis. C'est lui enfin qui, dans une plainte d'artisans de Paris contre les artisans forains, maintint ces derniers dans le droit d'apporter leurs marchandises à Paris[1]. Cependant, après le règne de Philippe-le-Bel, nous retrouvons les maîtrises dans la jouissance de leurs anciens monopoles et dans l'exercice des réglemens qu'ils s'étoient donnés; soit que les successeurs de Philippe n'aient pas été pénétrés de son esprit, soit que la liberté accordée à l'industrie par ce prince ait paru prématurée. Les maîtrises continuèrent pendant des siècles à repousser la concurrence, à se poursuivre de leurs jalousies, à se faire des procès, enfin à user de leurs vieux droits au détriment du bien-être général[2]. Il a fallu les lumières du XVIIIe siècle pour éclairer enfin la nation sur la nécessité d'abolir ces restrictions de l'industrie, devenues plus nuisibles qu'elles n'étoient utiles.

Les Rois se servirent habilement de l'organisation des corporations pour la perception des impôts, encore très imparfaite alors; quand les artisans et marchands furent constitués en corps, il suffit de convoquer les notables et de les charger de recueillir la taille dans chaque métier[3].

[1] On trouvera ces diverses dispositions dans les notes mises au bas du texte des *Registres des Métiers*.

[2] Toutes ces querelles des métiers sont rapportées très au long dans le *Traité de la Police*, et dans une foule de mémoires et de factum lancés au nom des parties plaidantes.

[3] Voici comme le livre des *Coutumes de Paris*, Ms. des Archives du Royaume, indique les notables qui furent délégués pour répartir, asseoir et recueillir la taille de 10,000 liv. que la ville de Paris dut payer en 1302 pour la guerre de Flandre. « Ce sunt ceus qui

Peut-être n'avoit-on pas prévu cet effet de la constitution des corps d'arts et métiers. Il devint plus facile aussi de désigner chaque jour les gens qui devoient faire le guet pendant la nuit; corvée qui déplaisoit fort aux Parisiens, et à laquelle ils cherchoient autant que possible à se soustraire [1].

Ce n'est pas sous le rapport législatif que nous avons à juger les réglemens des corporations enregistrés sous le règne de Louis IX. Nous les considérons ici comme un document historique; et à cet égard ils méritent d'autant plus notre attention, qu'au lieu d'être l'ouvrage d'un seul homme, ils sont le résultat des dépositions d'une centaine de corporations, et résument les vues, les idées, l'expérience de plusieurs siècles.

Encore, toutes les corporations ne vinrent-elles pas déclarer leurs usages. J'ai dit le motif qui a dû empêcher l'enregistrement de ceux des bouchers, peut-être la plus ancienne de toutes. D'autres corporations, telles que celles des épiciers, des tanneurs, des vitriers, etc., ont pu ne pas paroître, soit par négligence, soit par d'autres raisons. Les successeurs d'Etienne Boileau dans la prévôté suivirent l'exemple louable donné par ce magistrat, et enregistrèrent les réglemens des corporations qui n'avoient pas encore de statuts légaux, ou qui vouloient améliorer ceux qu'ils avoient fait enregistrer précédemment, en sorte qu'à la fin du XIIIe siècle le recueil fut assez complet; c'est ce qui m'a déterminé à faire suivre les anciens réglemens de ceux qui ont servi à les compléter ou améliorer; toutefois j'ai cru devoir m'arrêter à la fin du XIIIe siècle, et éviter d'entrer dans le XIVe, pendant

« doivent asaer les x^m livr. por l'ost de Bruges, de l'an mil ccc et deuz : Thomas de « Saint-Benoast, Pierre Marcel le jeune, por drapiers; Mahi de Biauvez, por orfèvres; « Jehan Hemery, por espiciers; Guill^e de Troye, por pelletiers; Thomas de Charmières, « por merciers; Looys Tybert, por bouchiers; Thomas Auri, por talemeliers; Jehan le « Paumier, por M^t changeurs; Michel de Biauvez, pour cordouanniers; le mestre des « tesserrans, por tesserrans; Richart de Garannes, par poissonniers de mer; Thomas de « Noisi, por tailleurs; Pierre de Senliz, por ferpiers; le prevost des marcheans, Guill^e « Pizdoe, por marcheans. »

[1] Voyez *Registres des Métiers*, p. 425, la liste nombreuse des métiers et des personnes qui jouissoient de l'exemption du guet.

lequel les ordonnances des Rois et des prévôts de Paris se succédèrent en foule. Celles-là d'ailleurs sont insérées dans les recueils d'ordonnances, et par conséquent mieux connues.

C'est après Étienne Boileau que la charge de la prévôté semble être devenue annuelle : quant à lui, il paroît l'avoir gardée au moins dix ans. En 1267 les registres du Parlement le mentionnent encore dans sa qualité de prévôt, et ce n'est qu'en 1270 que le nom d'un autre prévôt figure à la tête des actes du Châtelet. Est-ce la mort ou une autre circonstance qui priva la ville de Paris de l'administration d'un magistrat qui avoit donné une nouvelle impulsion à l'organisation des communautés industrielles? nous l'ignorons. On suppose généralement qu'il mourut en 1269 ou 1270; mais il y a des motifs de croire que Boileau survécut long-temps à ses fonctions magistrales, et qu'il atteignit un âge fort avancé [1].

Tandis que les métiers étoient sous les ordres du prévôt de Paris, les marchands de l'eau avoient à leur tête le prévôt des marchands, de qui émanoient les actes relatifs au commerce fluvial, et à la police de l'approvisionnement en denrées apportées par cette voie. Dans la suite des temps la première de ces prévôtés fut supprimée, du moins de nom; mais la seconde demeura, le ressort de ses attributs fut étendu, et elle ne fut abolie qu'à l'époque de la révolution françoise, à la fin du XVIIIe siècle.

[1] Le *Livre de la Taille de Paris* de l'an 1313 nomme dans la rue au Conte de Pontif « Estienne de Boilyau, » taxé à 30 liv., c'est-à-dire comme un bourgeois très notable. Si c'est l'ancien prévôt de Paris, il devoit être âgé au moins de 85 ans, dans la supposition qu'il ait été appelé à la prévôté (en 1258) à l'âge de 30 ans.

DE L'IMPRIMERIE DE CRAPELET,
RUE DE VAUGIRARD, N° 9.

www.ingramcontent.com/pod-product-compliance
Ingram Content Group UK Ltd.
Pitfield, Milton Keynes, MK11 3LW, UK
UKHW020340220726
13923UKWH00004B/1505